大畫情聖
五
一箭雙鵰
上山打老虎 著

【目錄】

第七一章
連橫之策

眾臣譁然，誰也不曾想到，沈傲的一番話，卻有這樣的效果。

趙佶微微皺眉，隨即便明白了，

西夏人對吐蕃是威脅，泥婆羅對吐蕃也是威脅，

可是這泥婆羅國難道就沒有威脅？沈傲的辦法，無非是連橫之策罷了。

沈傲所說的國家，乃是位於天竺北部的塞爾柱突厥人，他們不斷蠶食北部天竺的土地，所控制的疆域距離與泥婆羅並不太遠，若是大宋當真修書，這可大大不妙。

這時，那渾身的疼痛又傳了出來，泥婆羅王子咬了咬牙，恨然的望了沈傲一眼，道：

「泥婆羅國久慕天朝恩德，願納貢稱臣，與吐蕃諸部結爲兄弟之邦。」

眾臣譁然，誰也不曾想到，沈傲的一番話，卻有這樣的效果。

趙佶微微皺眉，隨即便明白了，西夏人對吐蕃是威脅，泥婆羅對吐蕃也是威脅，可是這泥婆羅國難道就沒有威脅？沈傲的辦法，無非是連橫之策罷了，拉攏敵人的敵人來打擊敵人。

想通了這一節，趙佶呵呵一笑：「來人，快扶王子去治傷吧，和議之事，不必急於一時。」

一場好端端的宴會，變成了鬥嘴，隨即鬥嘴又成了賽馬，賽馬之後，卻又是鬥毆，演化之快，令人瞠目結舌，此時這場宴會已到了尾聲，邦交之事亦見到曙光，不少人已是告辭散去。

沈傲也不多滯留，滿是感慨的牽著馬出了這宮苑，這匹良駒如今已歸沈傲所有了，官家親口賜予的，一場宴會賺了一匹馬，倒是不吃虧。

至於毆鬥王子留下的惡名，他一點都不在乎，人家既然動了刀，他沒有不先發制人的道理，那王子也是蠢得很，居然認為他沈傲會客氣，還以為他會在半途動手，卻不知沈傲是最不客氣的人，開賽就是一頓痛扁，他縱有萬般的本事，遇到這種處境也只有挨打的份。

沈傲騎著馬，慢悠悠的在街上閒逛，這匹馬確實是難得的好馬，神駿極了，彷彿能通曉人的心意，不待沈傲催動，便能掌控快慢的節奏。

回到祈國公府，時候已經不早，門人遠遠見到沈傲回來，連忙迎過來，笑呵呵的道：

「表少爺，這是什麼馬，好像不是馬廄裏的那匹吧。楊哥兒不是趕著車帶你去宮裏赴宴嗎，為何不見他隨表少爺一道兒回來？」

沈傲呵呵笑，躍下馬去，將韁繩交給門人，笑道：「這馬兒是我贏回來的，至於楊哥兒，已被我甩在後頭了。」

沈傲雖然是表少爺，可是對府裏上下的人都極為和藹，因而這門子一聽，喜滋滋地拉著馬韁，撫摸著馬鬢道：「這馬兒倒是稀罕物，依我看，馬廄裏沒有一匹馬比牠好，表少爺能將牠贏回來，一定費了一番功夫。」

當然費了功夫，差點兒把自家的性命都搭上去了。沈傲只是微微一笑，道：「就你周弼溫多嘴，快去把馬兒帶到馬廄裏去，叫馬房的人好生照料。」

門子嘻嘻一笑，拉著馬去了。

進了府裏，回到自己住處，卻看到周若在不遠處探頭探腦，沈傲看見了她，朝她招手：「表妹，你這是做什麼？爲什麼只在外頭閒逛，卻不進來坐坐？」

周若一時頗覺尷尬，走也不是，不走又有些羞人，猶豫片刻，才是故作鎮定地挺起胸脯，心裏在想：「怕他做什麼，光天化日的，莫非還怕被人吃了？」接著莞爾一笑，盈盈走過去。

湊近沈傲時，見沈傲的衣衫有些凌亂，幾處地方還被雪水浸濕了，便蹙眉道：「表哥，你是去赴宴的，怎麼變成這副狼狽的樣子回來？」

今日還算安生，總算還叫了一句表哥，也不枉他之前爲她所做的。

沈傲請周若進了房裏的小廳，笑呵呵地道：「自然是爲了那英俊瀟灑的泥婆羅王子的事。」

一聽到泥婆羅王子，周若的臉兒霎時變了，眉頭皺得深深的，期期艾艾地道：「這泥婆羅王子也赴宴了嗎？」

沈傲道：「豈止是赴宴，這場國宴，他便是主角。恰好，他還要向表妹求親呢。」

周若驚得心兒都揪了起來，一雙美眸瞪大地望著沈傲：「官家應承了嗎？」

沈傲一下子變得肅穆起來：「泥婆羅國王子不遠萬里來求親，你說官家能反對嗎？」

周若眼眸隨即黯然下來，幽幽地道：「我……我，表……表哥……」

她一時慌了手腳，官家要是金口一開，這就成了定局，若真是要嫁給那泥婆羅王子，周若寧願死了算了。

這一抬眸，沈傲便看見她的眼眸一團淚水汪汪打轉，平時的周若，是冷峭的，極少表現出女子柔弱的一面，此刻這副盈盈弱弱的模樣，是沈傲從所未見的。

沈傲連忙道：「表妹別急，先聽表哥說完。那泥婆羅王子要娶表妹，表哥既然在場，能答應嗎？自然是不能答應的，於是表哥生氣了，尋了個鐵棒子，抽了這死王子一頓，現在這王子只怕還在床上唧唧哼哼呢。至於和親的事，官家聽表哥直陳利害，一番直言之後，便也打消了主意。」

周若一聽，便以為沈傲是故意嚇她，眼淚還沒有擦乾，便嗔怒道：「太可惡了，你原來是在胡說的。」微不可聞地哼了一聲，還想繼續說，卻讓別的聲音打斷了。

便聽到外頭有人喊：「表少爺，表少爺，宮裏的禁軍來尋你了。」

周若一聽，便道：「表哥，你莫不是觸怒了天顏，禁軍來拿人吧？」

正說著，便有一個戴著紅纓范陽帽，穿著犀牛皮甲的壯漢破門而入。

這人生得魁梧極了，范陽帽壓住了前臉，只露出落腮鬍鬚，望了沈傲一眼，立即叉手行禮道：「在下禁軍將虞侯鄧龍，見過沈公子。」

鄧龍抬眸一看，屋裏還有人，咦，竟是個美人兒，怎麼眼簾上還掛著淚？這個……這個……他明白了，這丘八方才還是一副正正經經的樣子，這一刻頓時露出一絲曖昧的笑意，道：

「原來沈公子在辦事，哎，叨擾，叨擾，在下是個粗人，就這樣闖進來，竟是壞了公子的好事。」旋身要走，裝出一副什麼也沒有看見的樣子。

周若哪裡聽不出來鄧龍的意思，啐了一口，急促促地走了。

鄧龍打量了周若的倩影一眼，笑呵呵地看著沈傲道：「沈公子騎術精湛，對女人倒也很精通嘛，真是羨煞人了。」

沈傲板著臉道：「胡說什麼，這是我表妹，鄧虞侯，你唐突地衝進我屋子裏來做什麼？」

鄧龍深吸一口氣，帶著尷尬地道：「原來是表妹，抱歉，抱歉，在下還以爲……」笑了笑，繼續道：「公子騎術精湛，讓那泥婆羅王子顏面大失，這王子乃是睚眥必報之人，說不定會對公子不利，在下奉了楊公公之命，前來貼身護衛公子。」

私人保鏢？沈傲打量了鄧龍的身板，果然英武雄壯，臉上雖是如沐春風，可是那「和藹」的眼眸裏，卻時不時閃現出精悍之色。

沈傲很感動地道：「還是楊公公的心思細膩，你這樣一說，我還真有那麼一點不安全的感覺，請問一下，你在我這裏吃住，是向楊公公報銷嗎？」

這一句話倒是把鄧龍問住了，道：「這個嘛，在下也不知道，楊公公倒是沒有提及。其實這楊公公的意思，就是官家的意思，官家既然要在下來隨身保護公子，這吃住的開銷或許可以到三衙去領取。」

「哦。」沈傲放心了，不是他捨不得，實在是這鄧龍太魁梧，一看就是個吃貨，消耗實在太大，有點吃不消。

沈傲聽到「官家」兩個字，面色又是一緊，很認真地道：「原來是官家的意思，啊呀呀，學生何德何能，又不是什麼珍貴之軀，僥倖會騎騎毛驢，竟讓官家掛念，實在是令人感動。」

做了下樣子，沈傲請鄧龍坐下，鄧龍卻不坐，道：「在下站慣了的，請公子自便，我是個粗人，規矩雖是不懂，不過公子有什麼吩咐，只管開口就是。」接著，他神神秘秘地壓低聲音道：「接了這個差事，不知多少兄弟羨慕我呢，都說公子快意恩仇，是咱們殿前都指揮使司的好朋友，指揮使司的弟兄們是極佩服公子的。」

他呵呵一笑，繼續道：「胡大人傷勢倒是穩固了，他叫人捎句話給公子，胡大人欠公子一個人情。」

沈傲明白了，難怪這鄧龍如此熱絡，不但是官家和楊公公的囑咐，他的頂頭上司，殿前都指揮使胡憤只怕也安囑了幾句，便對鄧龍笑道：「客氣，客氣，大家相互關照。」

鄧龍正色道：「沈公子不必說什麼客氣話，相互關照什麼的話，就顯得太生分了，往後沈公子去哪兒，在下就跟在哪裡，總不教公子遇險。」

沈傲道：「若是我上茅廁呢？」

鄧龍毫不猶豫地道：「我就在茅廁門口等著。」

好敬業啊，沈傲繼續道：「要是我去蒔花館呢？」

鄧龍一愣，隨即呵呵笑道：「這就更好了，公子在裏頭會姑娘，我嘛，在外頭也會個姑娘，咱們共赴巫山。」

汗，共赴巫山，怎麼這話有那麼點兒不太對頭，沈傲隨即一想，這傢伙不會是個玻璃吧？

沈傲連忙移開話題，不敢再深入討論下去，便道：「鄧大哥既是將虞侯，想必官銜不小吧，我問你，你善使什麼武器？」

鄧龍先是露出驕傲之色，接著，卻又帶著一些慚愧，對沈傲道：「論起官職嘛……」

他伸出一小截拇指，苦笑道：「我是這個。」意思是說，官兒小的有點說不出口。

「可要說武器，在下十八般兵器樣樣精通，不是在下吹牛，這殿前都指揮使司衙門之中，在下的武藝也是排得上號的，尤其是一柄樸刀，耍出來那自是密不透風，就是諸位都頭、祇候也不是在下的對手，兄弟們抬愛，送了個綽號，叫『吃吃大蟲』。」

吃吃大蟲？這名字好，果然不出本公子所料，還好他是向宮中去報銷的。沈傲心裏慶幸，連忙抱拳道：「原來是大蟲兄，失敬，失敬。」

鄧龍哈哈笑道：「公子客氣客氣，在下還要向公子多多學習，今日公子那幾棒下去，當真是聲勢駭人，力道不輕啊。」

沈傲得意地呵呵一笑，卻也爲自己馬賽上的超常發揮感到滿意。

一番談話，鄧龍倒是和沈傲慢慢熟稔了，當日他便自營中取了鋪蓋過來，在沈傲的小廳裏睡下。

沈傲一夜未睡，卻是點燈起來修繕文章，這一次破題是按著陳濟所教的以一知二、以一知十破題，有了陳濟的引導，思維頓時開闊起來，提筆潑墨，一氣呵成，又修改了上一次陳濟指出來的幾處缺點，等到文章作成，已到了子夜。

鄧龍的呼嚕聲有愈演愈烈的聲勢，沈傲興致盎然，卻也一時睡不下去，推開窗，看著雪夜的景色，在黯淡無光的夜晚裏默默沉思，不禁在想：不知蓁蓁如何了？春兒是否在邃雅山房住得慣？

腦中浮現出兩個美人兒的俏臉，那或嗔怒、或羞澀、或含情的眼眸，心中生出些許的暖意。隨即一想，現在想這些做什麼，還是好好作好章的好，肚子裏有了貨色，才有晉身的階梯，才能給她們帶來幸福，至於現在的自己，雖然薄有家財，且有國公作為庇護，可是這些東西，卻終究還不是這個世界的立身之本，萬般皆下品啊，誰能作出最花團錦簇的文章，誰才是真正的人上之人，官民，官民，這二者之間只是一字之差，相距卻是極遠。

關了窗，回身去挑了挑燈芯，不由自主地拿出幾篇範文來，又拿出自己方才作出的文章，與範文相互對照起來。

這又是一個勤奮的不眠夜。

這一夜過得很快，沈傲看了會兒範文，又對經義有了幾分掌握，最後才是暈沉沉地趴在案上睡了過去。

也不知什麼時候，卻聽到一陣陣呼喊聲傳出，沈傲迷濛地睜開眼睛，屋中已是漆黑一片，那冉冉燭火不知什麼時候熄滅了，便聽到耳邊有人在叫：

「公子，公子……」

沈傲抬眸，黑暗看不清人，卻能感受到扶住他小臂的一張大手，辨認出聲音的主人是鄧龍，心裏頓然地鬆了口氣。

遠處的呼喊聲不絕，鄧龍去取了火石點了火，屋子暫態亮堂起來，沈傲看了看自己的袖襬，不由苦笑，這袖襬已沾了不知多少墨汁了。

鄧龍警惕地將小窗推開一個縫隙，驚呼一聲：「失火了。」

失火？沈傲湊過頭去，眼見數里之外，火光沖天，濃煙滾滾，就是連天上稀疏的星月也渲染得黯然失色。

此時恰是黎明，日月交替之時，這一場大火，似是將天空都映紅了，驚叫聲呼救聲刺耳傳來，震盪耳膜。

「那裏倒像是糧倉，不好，糧倉失火了。」鄧龍嚇得臉色青白，掰著窗沿道：「看這模樣，絕不是偶然失的火，只怕是有人夜間放火。公子，這城中潛伏了亂黨，只怕現在殿前指揮使司的弟兄立即要上街戒嚴了。」

鄧龍說得一點也沒有錯，一炷香之後，街上馬蹄聲轟然驟響，自沈傲的閣樓越過公府的圍牆往外看，藉著那清晨的曙光照亮了一絲光線，無數個手持著槍戟的禁軍出現在街面上。

就是國公府外，亦有一隊禁軍四處巡邏，拱衛重要府邸、衙門的安全。

發生了這樣的大事，卻是任誰都沒有想到的，鄧龍身分特殊，出府去打聽一番消息，便沮喪地回來。

原來昨天夜裏，糧倉外突然出現數十個黑衣人夜襲糧倉，擊潰了守庫的小吏，而後四處澆潑桐油，開始放火。

出事的時候恰是卯時一刻，守備最爲鬆懈的時刻。事情發生之後，三衙立即調出兵符，派軍搜索賊蹤，只是這些賊卻似是人間蒸發一般，一下子了無音訊，再不見蹤影，就是些許的蛛絲馬跡也沒有留下。

鄧龍憤憤然地道：「大理寺的推官和刑部的捕頭如今已是炸開了鍋，什麼樣的推測都有，不過依我看，這些賊人訓練有素，應當早有預謀，或許是方臘餘黨也未可知，靠大理寺和刑部，嘿嘿……不是我瞧不起這些推官、差役，要查出這件驚天的大案，只怕比登天還難。」

年關將至，凶人卻燒了糧倉，太可惡了，果然不是和諧社會，沈傲對這種八卦倒是留了心；只聽鄧龍繼續絮絮叨叨地道：

「哎，這糧庫乃是汴京四大糧庫之一，收儲的江南賦米，這一把火卻是燒了個乾淨，這朝廷的糧食只怕要吃緊了，公子，若是現在去市集收糧，幾日之後，糧價必然上漲。」

沈傲聽了鄧龍的分析，也覺得很有道理，明年汴京必然會出現糧食短缺，就是朝廷急調糧食入京，要統籌，要輸送，也需幾個月的時間，這一段時間之內，糧價肯定是要大漲了，只怕會有些人想趁此機會賺上一筆大財。

沈傲只是點了點頭，然後微笑著道：「這種事我們不要參與，歷朝歷代，囤積糧食都是殺頭的大罪，況且，做這種事很損陰德的，賺錢的去處多了，這種錢還是不賺的好。」

鄧龍頷首點頭，笑呵呵地道：「這是自然。」訕訕地噤聲了。

禁軍在街道上四處搜索，沈傲原來想去拜訪唐祭酒和博士的事落了空，只好拿著昨夜寫就的文章去尋陳濟。

陳濟倒是頗有些閒雲野鶴的風采，對外界的事物充耳不聞，教沈傲坐下，卻是對隨來的鄧龍很是不客氣，將他掃地出門，才拿出沈傲的卷子，細細看了起來。

陳濟治學，是極爲嚴謹的，對沈傲的要求，幾乎到了苛刻的地步，看了沈傲的以一知二、以一知十，竟是一時也找不到錯漏出來，笑道：「這次這篇文章做得不錯，幾處地方再修飾一二，也算得上是上乘經義文章了。」

沈傲熟知陳濟的意思，陳老師說話，最擅長的是先揚後抑，先小誇一下，再將自己罵個一文不值，狗血淋頭。因此絕沒有表現出一點的驚喜和驕傲出來，眼觀鼻鼻觀心的正色道：「老師謬讚。」

「你知道就好。」沈傲這一屈服，讓陳濟準備好的拳頭還未打出，便遇到了一堆棉花，只好懊惱地將幾句訓斥他不可驕傲自滿的話收回腹中，道：

「若論經義，講的還是勤練二字，能作出這道題，可是下一道，若無人指點，還能作得這樣精彩？我再出一道題，你這兩日作出來吧。」

沈傲哪裡敢說個不字，在國子監，他倒是並不怕人，唯獨這個陳濟，面對他時，總是有點兒心虛。

陳濟沉吟片刻，道：「就以『百姓足，君孰與不足』爲題吧，你好好想想，該如何破題。」

沈傲聽到這句話，頓時便明白，該題出自《顏淵》的一段話，原話也是如此，說出此話的人乃是孔子的弟子有若，有若是孔子晚年的弟子。他強記好古，在與魯哀公論政時，提出「百姓富足了，國君怎麼會不夠？百姓貧窮，用度不夠，國君又怎麼會夠」的「貴民」觀點。

陳濟道出這個題目，倒是令沈傲暗暗奇怪，須知這種貴民思想的題目如過江之鯽，大唐太宗皇帝的「民為貴、社稷輕之」的觀念，一直是歷代君王的仿效對象，就算不仿效，也要將這招牌打出來，所以類似於這樣的題目，可謂是數不勝數，沈傲看過這樣的範文也足有數十篇之多。如此大眾的題目，陳濟拿出來，莫非是要考校？

沈傲臉上露出些許疑竇，博士們考校經義，都是撿難的去說，卻從來沒有拿這種普遍的題目去考校人的，因為破這種題的人已經太多，就是再不成器的學生，作這樣的題目也輕而易舉。

陳濟看出了沈傲的心思，冷笑道：

「你道是這道題容易？須知這種題目已被無數人破過，越是如此，要想選出一個新的破題點，卻是難上加難。沈傲，你想想看，用什麼方法來破題最為適合。」

沈傲心中一凜，突然明白了，這就好像寫作一樣，那種氾濫的《我的父親》之類的試題雖然簡單，可是要想寫出新意，突破無數前人，卻要比其他試題難上十倍百倍，試題越是普通，要寫出優秀的文章來反而越難。

他陷入沉思，心中將自己所看到的範文都想過了一遍，卻是苦笑，要想突破別人的思維，想出一個獨特的切入點來破題，還真是不容易。

陳濟見沈傲陷入思索，也不打擾，闔目坐定，似是入定一般。

時間一點點過去，沈傲突然抬眸，道：

「民既富於下，君自富於上。蓋君之富，藏於民者也，民既富矣，君豈有獨貧之理哉？陳相公，用這句來破題，如何？」

沈傲借用的還是藏富於民的觀點，雖說這句話口號的性質成分更多一些，可是做文章，本來就是空對空，因而這樣破題，倒是較為新穎。

陳濟咀嚼了一句，頷首點頭：「不錯，承題又該如何？」

既然破了題，承題就輕巧多了，沈傲略略思索，道：

「蓋謂：公之加賦，以用之不足也；欲足其用，盍先足其民乎？誠能百畝而徹，恆存節用愛人之心，什一而徵，不為厲民自養之計，則民力所出，不困於徵求；民財所有，不盡於聚斂。」

這句話仍是圍著藏富於民的破題切入點，將論題展開擴大，格式規規矩矩，卻又多了幾分新意。

陳濟撫案點頭：「不錯，你便按著這個想法去作吧，凡事不能一蹴而就，不過，這幾月你的長進倒是不少，待過了年關，到了國子監裏，定能讓人刮目相看。」

沈傲心裏明白，陳濟能把話說到這個份上，已說明最近自己進步確實神速，心裏雖然喜滋滋的，在陳濟面前卻是一副很謙虛的樣子：「學海無涯，學生還生嫩得很。」對付陳濟這種老師，就該用大道理去堵他，讓他想要訓斥幾句，卻是尋不到漏洞。

陳濟微微一笑，擺擺手：「你去吧。」

沈傲便領著鄧龍回去做題，他並不知道，整個汴京城，如今已是亂成了一鍋粥。

糧庫被焚，非但損失慘重，更是極爲嚴重的政治問題，天子腳下，竟有人組織如此嚴密，針對朝廷重地行凶放火，今日能燒糧倉，明日就能闖三衙，這還了得？

更何況，這糧庫堆積的糧食，乃是江南新近運來的賦米，朝廷將它們用之以賑濟、儲備、練兵的，現如今悉數焚毀，對於趙佶來說，不啻於是天大的事。

第七二章
簡在帝心

楊戩明白了，心裏卻不由地在想：

「沈傲啊沈傲，官家現在需要一把刀，

你有沒有這機緣，就看怎麼回答咱家的問題了。」

簡在帝心，這四個字，多少人眼紅耳熱，可是要做到，卻不知又有多難。

文景閣裏，自趙佶以下，六七個朝臣坐在錦墩上，再往下，便是十幾個官員垂首站著，正中處，戶部尚書張文咸已是面如土色，趴伏在地，聲淚俱下的請求裁處。

趙佶今日穿著件圓領錦衣，手上端著一盞茶水，茶水已是冰涼，卻是沒有換過。他咬著唇，眼中卻是帶著絲絲的冷光和沉著，泥婆羅那邊總算是告一段落，蘇爾亞王子稱了臣，兩國也交換了國書，而且是無條件稱臣，既不要金銀，也不要茶葉、絹布，心情剛剛好轉了一些，卻不料又遇見了這種驚天動地的事。

掃視一眼哭喪著臉、跪在中央一言不發的張文咸，趙佶卻表現出了出奇的冷靜，自始自終，也是不發一言。

做主的和請罪的都沉默，可是幾個御史大夫卻紛紛出來，自然是出言彈劾，這個說張文咸疏於防備，情有可原，可罰俸處置；那個說，張尚書負有失察之責，且錯漏極大，汴京今年三成的賦米竟是毀於一旦，該令其提交辭呈，致仕歸鄉。

還有幾個語出驚人的，更提出要嚴懲戶部各堂官吏，一律以失察之罪打入大牢。

站著的官員爭論個不休，趙佶卻只是抿嘴不語，就是坐在錦墩上的那七八個官員，卻也是呆呆坐著，誰也沒有提出任何觀點。

張文咸心中忐忑不安，帶著畏懼地抬眸望了官家一眼，最後的一絲僥倖都跌落到了谷底，若是官家將他臭罵一頓倒也罷了，可是這樣沉默不言，陰沉著臉，卻是從未有過的事，君威難測，說不定下一刻，便是雷霆之怒。

他心裏明白，這件事實在太大了，就是他這個尚書也捂不住，這個干係也擔不起。可是說起來，他這個尚書，實在是冤枉得很，任上出了這樣的大事，除了由他負責，還能由誰，心裏萬念俱焚之下，忍不住蕭然淚下，道：

「陛下，臣有罪，臣萬死，請陛下裁處。這糧庫平時的守衛都是極其森嚴，只是這幾日年關將近，不少吏卒紛紛告假……」

他這話剛剛說到一半，便有人道：「張大人，你還要狡辯嗎？吏卒告假，這糧庫就可不必守了？就可讓賊子有機可趁了？」

出來說話的，卻是一個御史，這御史話音剛落，張文咸臉色更差，帶著求救似的目光向坐在錦墩上的衛郡公石英望去。

石英乃是開國威武郡王石守信的曾孫，膚色白淨，穿著一件圓領儒衫，既不顯得過於奢華，亦彰顯出身分，雖是欠身坐在錦墩上，面色卻顯得好整以暇；只是對張文咸望來的求救目光，卻是無動於衷。

坐在石英身側的，則是祈國公周正，此外還有參知政事鮑超；與三人遙遙相對的，是中書省尚書右丞王韜、刑部尚書王之臣，以及兵部尚書屈文、當朝太尉高俅。

這幾人俱都是朝中最顯要的人物，倒是坐在不起眼角落的一個老臣，反倒沒有引起旁人的注意，這老人穿著朝服，慈眉善目，顯得和藹可親，可若是有人敢輕視他，只怕這算盤就打錯了，此人乃是大名鼎鼎的吏部尙書楊文時，掌握天下官員的功考、升降。

張文咸見衛郡公默然不語，隨即面如土色，轉而不斷地對著趙佶求饒請罪。

這糧庫原本並不歸張文咸直接統屬，身爲一部之長，這些具體的細節與他並無干係，可事到如今，這替罪羔羊卻算是坐實了的。

沉默許久，趙佶突然開口道：「糧庫失火，事關重大，這件事，要徹查到底，都下去吧，衛郡公和王韜二人留下，朕有話要說。」

到了這個時候，趙佶反倒是出奇的冷靜，既沒有問責之意，又絕口不提重大影響，疲倦地揮揮手，將這閣裏多餘之人驅出。

眾人紛紛告辭，張文咸見趙佶並不問罪，反倒是愕然半晌，伏請跪安之後，狼狽地走了出去。

等出了文景閣，這十幾個官員卻也是曲徑分明，分爲兩路出了皇城，張文咸這一路走，卻是大惑不解，官家今日到底是什麼意思，出了這樣大的事，爲何連斥責也沒有一句？他心中又是慶幸，又是不安，在承德門前停下，卻被周正、鮑超二人叫住了。

張文咸碎步過去向周正、鮑超二人行禮，苦笑道：「公爺、鮑大人。」

周正點頭，負著手，卻是領著兩個人往不遠處的柳蔭處走，嘆了口氣道：「張大人，你是不是在想，方才爲何衛郡公沒有爲你求情？」

張文咸連忙道：「下官絕無此意。」

周正止步，負手遙望著遠處金碧輝煌的宮闕，微微嘆了口氣道：「這件事鬧得太大了，依官家的意思，開脫、求情只會害了你。」

眼見周正推心置腹，張文咸也不再保留了，道：「只是今日官家的舉止卻是讓下官看不透，明明御史們已是群情激憤，爲何官家卻對下官不發一語？」

周正呵呵一笑，道：「官家在等。」

「在等？」張文咸豈是蠢人，似乎想到了什麼。

一旁的鮑超道：「公爺的意思是，官家認爲，這糧倉失火之事，只怕並沒有這麼簡單，因而才說了個徹查到底四個字。若這件事不是亂黨所爲，張大人的干係也就輕了一些，所以，張大人眼下要做的，就是一面閉門思過，這幾日儘量少與人接觸，更不要四處打聽什麼消息。至於第二條嘛，就是儘量清查出戶部主管糧庫的官吏，這是至關緊要的，張大人要度過眼下的難關，就一定要從中尋出些蛛絲馬跡來。」

張文咸聽得目瞪口呆，這一番話再淺顯不過了，也即是說，官家懷疑這並不是什麼亂黨所爲，極有可能是戶部自身做下的案子，是監守自盜。

這怎麼可能？不過，若官家真是如此想的，張文咸也不由得鬆了口氣，這就證明，官家對自己還是信任的，否則這監守自盜的第一個嫌疑人便是他自己。

其實他這個戶部尚書還真有些有名無實，說是一部之首，可是他這人性子隨和，底下的侍郎、主事也都各有山頭，整個戶部，便是一個小的是非圈，張文咸馭下的手段不足，又怕得罪這些人背後的幕後大鱷，長此以往，也就沒人將他這尚書當一回事了。

轉念一想，張文咸頓時慶幸起來，若不是他的性子懦弱，官家又如何能信任自己，想通了這一節，他感激地朝周正行了個禮：「張文咸明白了，多謝公爺提點。」

周正微微一笑道：「你早點回部裏吧，鮑大人，據聞你近來得了一件唐時的硯臺是嗎？走，看看去。」

鮑超頓然眉飛色舞地道：「公爺的鼻子當真是靈敏無比，也不知是哪個洩露了消息，好，今日就請公爺品鑑一番。」

數輛馬車分道揚鑣，消失在宮城之外。

正午的陽光灑落下來，屋簷下的冰凌逐漸融化，堆雪亦化作泊泊的冰水，大紅的宮牆上已是濕漉一片；巍峨的宮牆裏，衛郡公石英、尚書右丞王韜二人端坐著，卻都是一副從容淡定的樣子。

趙佶突然從龍榻上站起，負著手，一雙眼眸落在牆壁上裝裱的一首詩上，喃喃道：

「問世間情爲何物，直叫人生死相許；問情容易，可是這人心，朕卻如何也猜不透，石愛卿，朕問你，爲什麼世上就有人這樣大膽，食君之祿，卻不思報效，爲了私利，竟連天地、君父也敢欺瞞，哼，朕就這樣好欺負嗎？」

這一句話說出，石英、王韜二人連忙自錦墩處滑下來，道：「臣萬死。」

趙佶冷笑一聲，揚了揚手：「朕說的不是你們，你們起來吧。」

二人站起來，便聽趙佶道：「眼下當務之急，是先要穩住人心，糧庫被焚，必然人心惶惶，那些奸商定會渾水摸魚，王韜，中書省要擬出一份旨意來，教京兆府隨時準備緝拿不法的商人，平抑米價。」

王韜連忙道：「臣遵旨，不過，如此做只是治本，要治其根本，非得從各州調撥陳糧抵京不可。」

趙佶頷首點頭：「這也是刻不容緩的事，朕還要斟酌一下。除此之外，禁軍的糧餉不可耽誤了，糧食再少，寧願讓官員的祿米遲些放，也要緊著三衙那邊，叫高俅這幾日上上心，務必要穩住軍心，若有人敢造謠滋事，不需傳報給朕，直接就地正法，以儆效尤。」

王韜道：「官家說的沒錯，穩住了軍心，其餘的事就可徐徐圖之了。」

趙佶又道：「石愛卿，徹查的事，朕交給你去辦，此事干係實在太大，你身爲郡公，可以居中調度各部便宜行事，不管誰與此事有干係，這背後之人，一定要給朕一個交代。」

石英道：「臣不敢不盡心竭力。」

趙佶似是有些倦了，目視著那牆上的行書一時出了神，王韜、石英大人屏息不敢言，等到回過神來，趙佶愕然道：「你們爲什麼還在這裏？」

二人皆是苦笑，連忙道：「臣等告退。」

二人急促促地步出文景閣，文景閣裏，只留下趙佶一個身影，這身影顯得略有孤獨，平添了幾分無奈。

他突然心血來潮，走至御案前，親手研了墨，提筆捲開一張空白的紙，在紙上急書起來。片刻之後，將筆擲到一邊，望著紙上的墨跡，嘆了口氣，高叫道：「來人，來人。」

在閣外候著的楊戩匆匆碎步過來，道：「官家。」

趙佶惡聲惡氣地道：「你去哪裡了？爲什麼見不到人。」

楊戩大氣不敢出，心裏頗有些委屈，方才官家與大臣們在議事，因此他一直在外頭候著，不敢進來；這是宮裏的規矩，官家是知道的，這個時候龍顏大怒，只怕是方才一股怒火一直沒有宣洩，此時大臣們都走了，活該自己倒楣。

楊戩並不去辯解，只是乖乖地走至趙佶身前，低聲道：「奴才該死。」

趙佶呆坐了片刻，道：「不怪你，你死個什麼。」他突然冷笑一聲：「倒是有些人，是不能再姑息了，朕此前和你說過，朕需要一柄利刃是不是？」

楊戩道：「是，陛下的確說過這句話。」

趙佶嘆了口氣：「原本朕還想再等一等，再看一看，心中還存著一絲疑慮，可是現在卻等不及了，你立即拿著中旨去祈國公府，去宣布朕的旨意，再去問問沈傲，問問他對糧庫大火之事，有什麼看法。」

楊戩心裏打了個突突，突然預感到，這糧庫大火的事並非這樣簡單，坊間早已傳開，都說是亂黨所爲，可是看官家處置的手段，卻絕不是要搜檢亂黨的意思，就是禁軍，也沒有叫四處去搜捕亂黨，莫非……

楊戩明白了，卻裝作什麼都不懂的樣子，眼睛落在御案上，御案上，一張紙上的墨跡未乾，不消說，這自是官家方才寫出的中旨了，連忙躬身道：「奴才這就去辦。」心裏卻不由地在想：「沈傲啊沈傲，官家現在需要一把刀，你有沒有這機緣，就看怎麼回答咱家的問題了。」

簡在帝心，這四個字，多少人眼紅耳熱，可是要做到，卻不知又有多難。

從陳濟住處回來，鄧龍百無聊賴地到院落裏練刀去了，沈傲看了會兒鄧龍練刀，便覺得無趣極了，他原以爲這時代的武藝，會與後世的影視作品一樣花俏好看，誰知這一看，才知道所謂的刀法並沒有什麼清逸可言，一下子興致皆無，又回房去寫經義文章去了。

到了正午，文章做到一半，便聽到屋外人聲鼎沸，鄧龍不知什麼時候不耍刀法了，衝進來道：「公子，公子，有旨意，官家下了旨，就在門口。」

又是旨意？沈傲擲筆，一時愣住了，這聖旨好勤快啊，怎麼跟短訊似的，還有完沒完？官家真有什麼事，昨天跟我說就是了，搞得這麼神秘做什麼？

他對聖旨已經有了一種隱隱的恐懼，這種被人痛罵一通，自己還要笑臉相迎的事，換誰也不太樂意。

鄧龍催促道：「沈公子，快去接旨意吧，不能耽誤了。」

沈傲不多想了，帶著鄧龍，飛快地往大門走。仍舊是開門、設香案，夫人、少爺、小姐、闔家僕役已是等候多時，周恆這幾日不知跑去哪裡瘋了，許是剛剛回來的，遠遠看到沈傲，大聲叫道：「表哥，快點，太監……啊，不，旨意就要來了。」

太監這兩個字，是沈傲教他說的，沈傲汗顏，還好這個時代，太監的名稱還不算貶義，甚至有尊稱的意思，代表著宮中的官爵，否則叫人聽了，實在令人尷尬。

宣旨的太監還沒有進府，沈傲跑過來，夫人仍是命婦裝扮，不無憂慮地對沈傲道：「怎麼又來旨意了，你是不是做了什麼事，惹到了官家？」

沈傲苦笑：「姨母，我惹官家做什麼，有這心也沒這膽啊。」

周恆唯恐天下不亂地道：「哇，娘，他居然有這個心。」

周若擰了周恆一把，道：「叫這麼大聲做什麼。」接著，警惕地望了望四周，板起俏臉來道：「你生怕別人聽不見嗎？」

受了家姐的奪命剪刀手，周恆一下子老實了，才是看到沈傲身後的鄧龍，道：「他是誰？」

鄧龍笑呵呵地朝大家叉手：「鄙人鄧龍，殿前指揮使司帳下公幹，奉命護衛沈公子安全。」

沈傲一時無語，他現在才發現，這個鄧龍居然是直接混進來的，連夫人都不知道；這傢伙哪裡像個禁軍，吊兒郎噹的，找個時間要教訓教訓他。

夫人挽著沈傲的手，道：「既然沒有惹事，你也不必怕，有你姨父在，就算真有了錯，大不了帶著你去請罪求情就是。」

正說著，楊戩卻已碎步進來，板著臉道：「沈傲接旨。」

「制曰：國子監監生沈傲。滋有監生沈傲，行為放蕩，朕屢屢勸誡，卻終不悔改，朕豈能姑枉縱容？昨日國宴，爾毆打泥婆羅王子，其罪無可恕，尚不知自謙自省，是可忍，孰不可忍也，即令革去沈傲監生……」

這一番話，一開始仍然破口大罵，許是府裏頭已經習慣了聖旨罵沈傲的緣故，倒是都麻木不仁了，只是夫人和周若蹙了蹙眉，周恆則是一頭霧水。可是到了後來，眾人卻是大驚失色，原來沈傲赴國宴，竟是把泥婆羅王子打了，這還了得。

夫人臉色驟變，倒是周若，卻是若有所思，昨日沈傲和她提及此事，她只是不信，現在才知原來是真的，心念一動，莫不是表哥真的爲了自己去打了那泥婆羅王子？這可怎生是好？

唯有沈傲心裏卻是憤憤不平，果然伴君如伴虎啊，做皇帝的，原來也可以無恥到這種地步，昨天要不是本公子給你救了急，這和議能達成？蘇爾亞王子能收斂？

聽到最後，卻是所有人都面色如土了，革去監生，這絕不是好玩的。

沈傲也是一時呆住了，腦子裏嗡嗡作響，有些反應不過來，這個監生，若說他稀罕，他自也不稀罕，可若說他不稀罕，這半年來的努力苦讀，豈不是付諸東流了？

正在他恍神間，楊戩已念完了聖旨，笑呵呵地走過來，將沈傲扶起，道：「沈傲，咱家問你，聖旨的話，你服氣不服氣？」

沈傲咬牙，太欺負人了，恩將仇報不說，居然還要叫老子服氣，他的性子雖然看上去很溫和，可是發起脾氣來也是不好惹的，冷聲道：「不服。」

「不服就好。」楊戩呵呵一笑，臉色如初，望著這怒氣沖天的沈傲，心裏在感慨：「這個沈老弟，還真是膽子夠大，可惜有點沉不住氣，尚需磨礪。」

一旁的夫人聽到沈傲說出「不服」兩個字，頓時臉色大變，輕輕地去搖沈傲的手臂；而周若已是臉色蒼白如紙，腦中一片空白。

楊戩正色道：「官家說了，若是你不服，那便考校你一二，答對了，就仍去做你的監生。」

沈傲無語，頓時明白了，這是先打一棒，然後給甜棗呢，皇帝老兒真不是好人，有這樣整人的嗎？

沈傲沒好氣地道：「考校什麼？」

楊戩道：「糧倉大火，公子有什麼見教？」

沈傲冷冷地道：「能有什麼見教，不是說方臘餘匪襲擊糧庫嗎？」

楊戩詭異一笑，道：「答錯了，沈公子，實在抱歉，咱家要回去覆命啦。」

「等等。」沈傲連忙拉住他，知道這皇帝老兒當真不是開玩笑了，道：「或許還有一個答案。」

楊戩倒是不急於走，依然笑著道：「公子請說。」

沈傲沉吟道：「天子腳下，夜間宵禁，這街道上巡邏的禁軍亦是不少，若說有三四人突襲糧庫，倒還說得通，人數再多，危險性反而大增。可是據我所知，這糧庫的守衛足有上百人之多，就算有數十人突襲，要在最短時間內擊潰守衛，肆意放火，還要全身而退，不留下一點線索，是絕無可能的。」

「能做成此事的，除非戶部的官員監守自盜之外，學生實在想不到其他可能。」

楊戩眸光一亮，道：「公子繼續說下去，若是戶部官員，他們為什麼要放火？須知這監守自盜，總要有好處才會做吧，他們把糧庫燒了，又有什麼好處？」

沈傲繼續從容地道：「年關將至，據說戶部每年年關之前都要查賬一次，由中書省牽頭，會同大理寺、刑部共同查驗存糧數量。楊公公，我問你，若是這糧庫的存糧早已被人貪墨，若要抹平證據，該當如何？」

楊戩挑了挑眉，道：「你是說，這糧庫其實早已沒有了糧食，這些糧食早被人貪墨了？」

沈傲點頭，認真地道：「也許對於一些人來說，這一把火燒得好啊，這一燒，不知多少人為之慶幸，今天夜裏，許多人一定睡得很香甜呢。」

楊戩頷首點頭，清朗一笑道：「公子語出驚人，分析得卻很有道理，至於這答案嘛，我需立即去回稟官家，看他如何處置。」說著，拍拍沈傲的手背，寬慰他道：「沈公子不必憂心，看來不日還會有聖旨來的。」

沈傲苦笑：「不怕和楊老哥說笑，一聽這『聖旨』兩個字，學生就心驚肉跳，食不甘味。」

這番話有點大逆不道的意思，更何況是說給楊戩去聽，楊公公可是官家跟前的大紅人，若是傳話到官家耳中，不知又是什麼罪罰。眾人聽得目瞪口呆，都覺得沈傲是不是瘋了。

沈傲卻仍是保持著微笑，流露出些許真摯；其實，只有沈傲才明白自己的意圖，這句話說大不大，說小不小，而楊戩擺明了是有點籠絡自己的意思，把這句話說給他聽，楊戩非但不會跑到官家那裏去打小報告，反而會令他對自己更加信任。

一個人，若是把這種話都掏心窩子似的說出來，至少表明了一種信任。

楊戩心中一暖，哪裡不明白沈傲遞來的投名狀，大家都是聰明人，聰明人的心意是相通的，立即道：「公子放心，下一道定是恩旨，咱家去了。」

楊戩急著回去覆命，急促促地帶著從人走了；只留下一群目瞪口呆的公府上下人等。

夫人臉色略有蒼白，看起來憂心忡忡，沈傲連忙將她攙起，笑道：「姨母不必擔心，多則一天，少則一個時辰，這個監生逃不掉的。」

夫人若有所思地頷首點頭，似乎也聽出那楊戩的話沒有惡意，便道：「你怎地連泥婆羅王子都打，這樣駭人聽聞的事，我竟是一點都不知道。」

周若眼眶通紅地道：「母親，表哥是爲了維護我才動了手的，那個泥婆羅王子向陛下提親，要將我許配給他。」

夫人一聽，頓時怒了，道：「這樣的人該打，泥婆羅是什麼地方，若是將我女兒嫁到那裏去，我這輩子還要活嗎？」

見周若梨花帶雨的樣子，過去牽著她的手勸慰道：「你也不要自責，我們都是一家人，沈傲維護你，就是真的丟了這監生，也沒什麼大不了的。有你爹在，萬事都有迴旋的餘地。」

過了兩個時辰，天色已經不早，一家子人在廳裏閒聊片刻，頗有些等旨意的意思。

夫人心緒不寧，總是有些放心不下，又見國公這麼晚還未回來，便嗔怨道：「每次出了事，總是不見他的人，真不知他在外頭忙些什麼，連家都不顧了嗎？」

沈傲笑道：「糧倉失火，姨父豈能袖手旁觀，這是大事，是公務，或許下一刻就回來了。」

國公倒是沒有回來，楊戩卻又來了，聖旨到的消息不脛而走，很快傳了過來，好在該準備的都準備好了，叫人開了中門，一行人又去接旨。

楊戩步進中門，頂著那天空處的一片昏黃，朗聲道：

「制曰：國子監監生沈傲……令爾還復監生之職，另賜令箭一枚……」

這一番話通俗易懂，果然是甜棗來了，監生送了回來，還送來一枚金色令箭，按照聖旨的意思，拿了這令箭有不需請示，擅自專斷，先斬後奏之權，叫沈傲立即會同衛郡公緝拿糧庫案凶手，不可貽誤。

沈傲將皇帝賞賜的金色令箭放在手心中把玩了片刻，令箭果然是純金打造，上面龍騰鳳舞，刻著「代天巡狩」四個小字，精細極了。

令箭只有十幾兩重，可是置於手中，卻是讓沈傲苦笑連連，敢情皇帝是要把自己當槍使了？先是一道旨意大罵一通，剝奪自己的監生身分，之後又是一道恩旨，復還監生，還加以重任。

這手段幾乎是上位者通用的手段，是要受命者既明白「君心難測」四個字，讓人知道一切榮辱都在君王的一念之間；另一方面，先抑再揚地讓人接了命令，被賦予了重擔，心裏還要生出些許慶幸，更能努力地辦差。

只是皇帝老兒爲什麼要將緝拿縱火賊的任務交給自己？沈傲頓感不妙，這是坑爹啊，方才自己的分析，只怕與皇帝老兒不謀而合。

那些人竟然敢支使人縱火，來頭一定不小，絕不是幾個戶部官吏就敢做的。他們的背後，一定還要幾條大鱷，而這幾條大鱷，就是皇帝在沒有證據的情況下也絕不會輕易翦除。

皇帝老兒這是拿自己當作急先鋒去打頭陣，辦得好倒也罷了，可是對方也絕不是好惹的，一個不好，說不定被人刺殺了也不知道。

沈傲的脊背暫態被冷汗沾濕了，說實在話，他真的好怕死啊，可是在他的背後，卻好似有一隻無形的大手，要將他推到了風口浪尖，就如這枚金箭，雖然輕盈細巧，卻又重若千斤。

方才兩道旨意，其實就是一種警告，警告沈傲放聰明點，好好地去爲皇帝辦事，等於是將沈傲的後路完全封死。

到了這個份上，沈傲頗有箭在弦上而不得不發的感慨，拿著令箭，向楊戩道：「有了這枚金箭，學生是不是可以調動城內一切兵馬？」

楊戩呵呵笑道：「代天巡狩，只要不是圖謀不軌，各部堂、衙門見了此箭，都可聽從公子調度。」

皇帝老兒總算厚道了一回，至少還給了本公子充分的信任。否則真要自己孤家寡人去和縱火賊背後的一群大鱷交手，他就是有九條命挪也活不長，再加上名義上，他是配合衛郡公查案，有衛郡公的威信可以借用，暫時倒是安全無虞的。

沈傲總算放心地吁了口氣，忽而一笑，道：「若是拿了這枚金箭，去蒔花館啊、天香樓之類的地方，她們會聽從我的調度嗎？楊公公，你不要誤會，本公子絕沒有其他意思，只是打個比方，與楊公公探討一二而已。」

楊戩無語，既然是探討，只好道：「普天之下、率土之濱，只要天子恩威所至，這枚金箭便可發揮效用。」

沈傲將金箭收起來，真摯地道：「這我就放心了，為了證實這一點，我要找機會去試驗一下。」

試驗？這傢伙不會是去蒔花館、天香樓試吧？

楊戩感覺自己臉上的皮膚不由地抽了一下，正色道：「沈公子，正事要緊啊，男兒志在四方，豈能爲紅粉羈絆？」

楊戩拍了拍這位思維與常人不同的年輕人，語重心長地繼續道：

「糧庫的事比天還大，只要你把差事辦好了，還在乎美女嗎？趕明兒你隨咱家到教坊司去，那國色天香的美人兒隨公子挑就是。」

楊戩這麼一說，扈從一旁的鄧龍眼眸一亮，胸脯不由挺了起來，眼眸炙熱地望著楊戩。

沈傲連忙道：「好，楊公公金玉良言，一下子將我驚醒了，我立即去辦差，只是……這差該怎麼辦？」

楊戩略顯尷尬地道：「自然是先去尋衛郡公，衛郡公現在在大理寺裏公幹。」

「對，去尋衛郡公。」經楊戩這麼一提，沈傲有了頭緒。

既然別無選擇，沈傲只能選擇拼一拼，要玩，就要玩出心跳來。懷中揣著令箭、聖旨，騎著寶馬至大理寺，而鄧龍亦騎馬相隨，在一側保衛，此時他倒是盡心盡力，眼觀四面、耳聽八方，一手持韁，一手按住刀柄，只要一有動靜，便可在最短的時間內作出反應。

第七三章 引蛇出洞

這一句自己人，別有深意，沈傲立即領會，道：

「郡公，對方犯下這樣的驚天大案，行事如此縝密，幾乎沒有留下任何蛛絲馬跡，要用常理來查，只怕很難收到效果。與其如此，不如引蛇出洞。」

大理寺與刑部都是掌握刑名的機構，不過，大理寺的功能倒是更像是後世的監察院，一般只審大案、要案，或者牽涉到官員的案件。

大理寺的衙門占地不廣，一看便是冷衙門，只見門口有不少禁軍護衛，可見糧庫大火之事影響仍未消除，整個汴京城免不了風聲鶴唳。

拿出聖旨和令箭，差役和禁軍哪裡敢阻攔，一面迎沈傲和鄧龍入內，一面入內通報。

與所有衙門一樣，大理寺坐東朝西，一路過去是聖諭牌和太祖碑，再往前走，便是一處照壁，照壁上刻有刑名律章，除此之外，還貼有朝廷新近的邸報。

越過照壁，是一座長約十丈的大堂，共有六扇公門，此時全部大開，從公門走出一個個人來，屏息等候沈傲過去，隨即行禮。他們所拜的自然不是沈傲，而是沈傲手中的兩樣至高信物。

衛郡公帶著幾個大理寺官員迎出來，沈傲將聖旨交給他，看了聖旨，衛郡公便笑道：「早就想和沈公子見一見，想不到這一面之緣，卻是在這個時刻，請吧。」

沈傲自然不敢托大，喊了聲世伯，衛郡公石英應了，當先率人進入公堂；其實在心底裏，石英頗爲震驚，這一件驚天大案，爲什麼官家是教一個監生來協辦，而且還賜下令箭，有了金箭，雖然口口聲聲只說是協查，可是到時候誰來做主，卻還是個未定之數。

好在他與祈國公是世誼，這個沈傲，也算是半個自己人，因此也沒有提防的必要。

衛郡公開門見山，直接地問道：「世侄認爲此案該從哪裡著手？」

有差役遞來茶水，七八個大理寺的正卿、少卿、寺正、推丞都來齊了，紛紛在衛郡公下首落座。

沈傲喝了口茶，一點也沒有作出任何倨傲之色，微微笑道：「不知郡公原是打算如何著手？」

又把皮球踢了回來，石英哂然一笑，道：「自然是派人四處搜檢，責問戶部當值的官吏。」

沈傲呵呵笑道：「這倒是個好辦法。」卻是一副欲言又止的樣子。

石英道：「怎麼？世侄還有什麼話說？這裏都是自己人，不必有什麼忌諱。」

這一句自己人，別有深意，沈傲立即領會，道：「郡公，對方犯下這樣的驚天大案，行事如此縝密，幾乎沒有留下任何蛛絲馬跡，要用常理來查，只怕很難收到效果。與其如此，不如引蛇出洞。」

「引蛇出洞？」石英倒是不覺得意外，又是道：「世侄說下去。」

沈傲便將自己的猜想說出來，石英只是微微頷首，監守自盜，這種事古已有之，府庫貪墨得狠了，朝廷眼看又來稽查，倒不如一把火把府庫燒了乾淨，疏忽之罪總比貪墨要好一些。

只是這四個字，官家可以說，沈傲這個愣頭青可以說，唯獨他石英，還有大理寺的官員，在沒有充足證據之前，絕不能吐露半字；因而在沈傲說完自己的想法後，石英只是微微笑著繼續問道：

「那麼，世侄又打算如何引蛇出洞？」

沈傲道：「簡單得很，若真有人貪墨了這些糧食，必然是官商勾結。這些糧食一時賣不出，一定藏在某處。現在風聲正緊，他們需要避避風頭，才敢冒出頭來。」

「糧庫燒了，消息傳出，汴京城的米價一定上漲，尤其是某些米商，見了如此大好的時機，哪裡會錯過？」

石英道：「陛下已有旨意，已派出人盯緊這些米商，若是誰敢囤貨居奇，高價賣糧，可立即鎖拿查辦。」

沈傲搖頭：「我的意思是，可以任由這些米商哄抬米價，米價一上來，城百姓必然奔相走告，不出數日，這汴京城的大米便會賣空。」

這話是有道理的，一旦米價上漲，必然引起心理恐慌，百姓怕米價繼續上漲，往往會爭相去搶購糧食，就是米商的庫存再多，也會一掃而空。到了那個時候，糧食價格居高不下，那藏了贓米的奸商會坐得住？必然會將庫米拿出來售賣，到時誰家的糧食源源不斷，這與官吏勾結的奸商十拿九穩就是他了；直接破門而入，拿住了奸商，再順藤摸瓜，可以把此事的參與者一網打盡。

石英聽了沈傲的話，雖然是連連頷首，卻並不表態，沈傲這個做法確實有效，這些人膽子既然大到連糧庫都敢動手，爲了錢，再鋌而走險亦是意料之中的事。

可是放任米價上漲，承擔的風險可想而知，若是案子水落石出，追回了贓米，米價自然能壓制下來；可是若沒有抓住人，這後果可就非同一般了。

石英沉思了片刻，道：「抑制米價的聖旨已經發出，這樣做，只怕有抗旨不遵之嫌；不過辦法倒有一個，官家賜你金箭，便是代天巡狩的用意，若是拿出金箭，或許可以令各司暫緩稽查。」

沈傲心裏大罵，當官的當真沒一個好東西，一個個把自己的責任都推了個乾淨，拿出金箭，豈不是叫自己來承擔這責任，辦得好了，皆大歡喜，出了差錯，自己倒楣，真是無語了

可若是不用這種辦法，只怕一輩子也別想將案子查個水落石出，事急從權，沈傲覺得倒是可以賭一賭。

只要這案子是官商勾結，這個法子一定管用，而沈傲幾乎可以斷定，這些糧食九成

以上是被人漂沒了，咬了咬牙，道：「好，這件事和郡公無關，一切的干係，都擔在我的身上，不過，我們也不能明目張膽的抗旨，樣子還要做一做。」

石英心裏忍不住搖頭，這個世侄，才學是有的，可是爲人處事卻不懂圓滑，只一句話，便要自己承擔干係，這樣的人，早晚要吃虧。

心裏暗自搖頭，以往道聽塗說從旁人口中積累的印象，一下子無影無蹤；話說到這個份上，他也不好反對了，便是道：「好，就按世侄說的辦吧。」

沈傲拿出金箭，立即知會大理寺僚屬商議此事，一直到了天黑，總算有了頭緒，部署得還算天衣無縫，鬆了口氣，便起身告辭。

夜風冰涼，在這空曠的街道騎著馬，冷風刮面的滋味很不好受，街面上的禁軍一隊隊的擦肩而過，遇到盤查的，有鄧龍出面，也無人再阻止，等回到公府，已是夜深了，遠遠地看到府前有人提著燈籠等候，沈傲心裏一暖，不知是誰還記掛著自己未歸，快馬過去，卻看到周若帶著個丫頭，在冷風靜謐等候，一雙纖手皓膚如玉的提著盞宮紗燈。

黯淡的光線之中，一頭烏黑的頭，挽起個公主髻，髻上簪著一支珠花的簪子，上面垂著流蘇；見到沈傲騎馬過來，修長如畫的眉毛下雙眸閃爍如星；嘴角微向上彎，帶著點兒哀愁的笑意；整個面龐細緻清麗，簡直不帶一絲一毫人間煙火味。

「表妹好興致，這樣的天兒，還穿著長裙子，不怕冷嗎？」沈傲翻身下馬，將韁繩交給鄧龍，教他先送到馬房去，笑呵呵地走到周若的跟前去。

月色慘澹，湊近一些，才看到周若只穿著件白底綃花的衫子，白色百褶裙；盈盈佇立，端莊高貴，文靜優雅；在月色下，像一朵含苞的出水芙蓉，纖塵不染。

周若將手上的燈籠交給沈傲，才是彆扭地道：「表哥，是我害苦你了；我心裏不安，不知你的案子進展得怎樣了？」

周若表現出難得的溫柔，話語中帶著些許的愧疚；這個表妹心裏還是有他的吧。而且他能感覺到，她近來對他越來越好了。

像今晚這般天寒地凍地在門前等著他回來，他心裏又怎麼不感動，剛看到周若的那會兒，他真有種是妻子憂心地等著夜歸的丈夫的錯覺，讓他的心頭不禁有著絲絲的暖意。

沈傲溫雅一笑，道：「好極了，表妹無需爲我憂心；我還沒用過飯呢，表妹，這裏涼得很，進去說話吧。」

一道進了府裏，到了外院的小廳，叫人送來了一些糕點吃食，又教人生了炭火，須臾功夫，小廳裏溫暖如春。

沈傲看周若依然皺得深深的眉頭，溫和中帶著幾分俏皮地道：

「表妹不需要有什麼歉疚，這件事，其實和你沒有干係，當然，如果表妹要感激的話，表哥不介意你以身相許的。」

周若蛾眉展開，啐了一口道：「表哥就會說笑。」

一句玩笑話，讓她心裏好受了些，低聲呢喃道：「不知是怎麼了，這幾日我總是心神不寧的，聽說官家教你去查什麼案，若是查不出，會不會怪罪下來。」

查不出，你表哥就要死了。

沈傲在心裏苦笑，這絕不是危言聳聽，皇帝老兒把自己推到了前臺，是要和縱火燒糧的人打擂臺，對方已經視他爲眼中釘，一定要想方設法除掉的，否則沈傲又怎麼會鋌而走險，拿著金箭去違逆旨意，肆意讓奸商哄抬糧價，自古以來，哄抬糧價都是一個死字，價錢一高，必然社會動盪，到時候追究起來，這個罪魁禍首不就是自己嗎？

哎，人在江湖飄，到處都是刀啊。

見沈傲表情凝重，周若的眼眸不禁迷濛起來了，心中對沈傲的愧意和憂心更濃。只是不知事情爲什麼會變成這樣，平時的沈傲，都是一副很篤定很恬然的樣子，彷彿任何事都不放在眼裏，可是今天，他卻是愁容滿面，表面上一副全然不在意的樣子，可是不經意間，那滿腹的心事還是流露出來了。

周若道：「表哥，你沒有把握嗎？我知道你很厲害的，以前對付那奸商，還有那宮裏的太監，還不是一樣手到擒來嗎？」

想到以前和周若合作坑人，沈傲微微一笑，陰霾一掃，笑道：「那個時候有表妹做我的助手，現在我卻是孤家寡人，自然不同了。」

周若俏臉一紅，咬著唇，彆扭地道：「你若是肯，我現在也是可以做你助手的。」

今日的周若，和從前有了幾分不同，多了幾分嬌羞，少了一些冷冽，讓沈傲心中的暖意更濃，笑道：「還是算了吧，哪有帶著大小姐去查案的道理，不過，表妹也不必擔心，表哥的缺點很多，比如英俊啊聰明啊什麼的，可是優點卻總是有的，就是這輩子從來沒有吃過虧，誰也占不了我的便宜。」

周若瞪了沈傲一眼，道：「表哥就愛胡說八道，我要早些睡了，爹爹還在書房等你回話呢，你快些去，應當是很重要的事。」

周若說罷，旋身站起，正要從沈傲身上擦身而過，不料，沈傲突然拉住她的手，周若臉上一紅，下意識地要抽回自己的手，沈傲卻是捉得更緊，讓周若感覺自己的心兒莫名地跳快了許多。

隨即，周若想起沈傲為她所做的，手上的勁兒漸漸鬆了下來，回眸道：

「表哥……你做什麼？」

沈傲深深地看著周若帶著幾分嬌氣的臉，很認真地道：

「如果這一次我出了什麼意外，表妹一定要找個好人家。至少也要比表哥英俊，比表哥文才更好，更機靈的。要不然，表哥要含恨九泉，死不瞑目了。」

她本來要抽回手的，但是最後還是讓他繼續握著，她對他的心意，他其實早已經明白了，只是有些事情，現在還不是明朗化的時候，不過，這個表妹，他若是有命活下去，便不打算放開了。

周若又驚又氣，可是看著沈傲這真摯的樣子，彷彿面臨著某種危機，心一下軟了，呢喃道：

「表哥，別再拿這種事情說笑了。」

周若的小手冰涼冰涼的，置在沈傲的手心，有一種涼爽嫩滑之感，沈傲握著緊了緊，才道：「好吧，我不說笑了，你快些去睡吧。」

依依不捨地放下周若的手，不知自己到底是想佔便宜使然，還是心中真的隱隱生出一些危機感，哂然一笑，心想，或許兩樣都有，所以我一定要好好活著，因爲比我更聰明更英俊的男人已經絕種了，絕不能讓表妹守活寡。哈哈，我爲什麼會有這種想法，明明我應該很不安才是。

周若的眼眶都紅了，咬著唇道：「你若是能正經一些該多好。」

說著，便旋身碎步離開，倩影寥寥，雙肩似在微微抽搐，沈傲想叫她，再和她說一句話，可是這句話梗在喉頭，卻說不出來，說不定她回眸的下一刻，便看到她那梨花帶雨的俏臉，沈傲見不得女人哭的。

呆呆坐了一會，等周若走遠了，鄧龍飛快地竄進來，滿是驚嘆道：

「公子太厲害了，方才我在門外那個……那個……，哈哈，這手段簡直要和鄧某人最佩服的人不相上下。」

沈傲好奇地問：「你最佩服的人是誰？」

鄧龍挺起胸膛道：「自然是我自己。」

沈傲無語，提了一盞燈籠，往周正的書房走去。遠遠地便看到那窗格裏露出來的寥廓淡芒，燭影之中，彷彿有一個人影呆呆端坐著。

姨父此刻在想些什麼呢？冷冽的夜風拂面，沈傲心裏暖暖的，一直等到半夜，書房裏的人只怕也在為自己擔心。

將燈籠交給鄧龍，舉步過去，守在門口的一個家丁倚著牆竟是睡了過去；不需要通報，直接進去，便看到周正正心不在焉地舉著一本書，抬起眸來，恰好與自己的目光相對。

「來，坐。」周正的聲音很輕，還略帶疲憊。

沈傲將門闔上，坐在案前的小凳上，似乎兩個人都看穿了對方的心思，對坐著沉默了許久，唯有那案上的燭光搖曳，周正終是先開口道：「已經和郡公談過了嗎？」

沈傲點頭，將自己在大理寺與衛郡公的談話以及自己的部署說出來，周正聽到引蛇出洞的計畫，已是皺起了眉，臉色陰沉著道：「這個計畫過於冒險，干係也是不小，你已經想好了？」

沈傲眸光一定：「是的，已經想好了，既然要查，就必須將他們打個措手不及，不能教他們牽著我們的鼻子走，只有打亂了他們的陣腳，這件案子才有水落石出的可能。」

從作案的手法和佈置來看，對方謀劃已久，只怕也早有了善後之策，就算將這些可疑人等捉去大理寺訊問，只怕也問不出結果來。

這種事一旦招供，就是抄家滅族的，大理寺一天尋不到證據，他們誰也不會開口，更何況這些人身分不低，不能對他們用刑，唯一的辦法，只能先把合夥的奸商揪出，再順藤摸瓜。

周正嘆了口氣：「你的心思很細膩，也很聰明，可是做事還是欠缺了一些老成持重。做任何事之前，瞻前顧後還是要的，還是要先保全自己。」

沈傲唯有苦笑，周正說得沒有錯，可是若他老成持重，瞻前顧後，就不是沈傲了。

話說回來，若沈傲的性子不是現在這樣，皇帝老兒也不會讓自己這個監生來查案，正是因爲這個案子干係太大，而朝中的官員又過於瞻前顧後，明哲保身，這才需要沈傲這柄利刃，也只有沈傲，才會屢屢作出一些驚心動魄的事來。

周正嘆了口氣道：「大理寺那邊，你不必擔心，他們一定會好好協助你辦差的。至於刑部，需小心堤防一些。還有，衛郡公此人性子是好的，只是人到了他這樣的地位，樹大根深，可是牽掛也多，許多事做起來畏手畏腳，你也不必怨恨他。還有，楊公公那邊，你倒是可以去討教，若是能令他助你一臂之力，那些暗處之人也絕不敢對你動手。你小心些吧。」

沈傲頷首點頭，頗有深意地道：「甥兒明白。」

周正困頓地道：「好吧，早些去歇了吧，若是真到了十萬火急的時候，立即進宮去，有官家庇護，誰也不能拿你如何。」

沈傲站起來，行了個禮，轉身正要離開，周正卻又突然叫住他，一雙眸子饒有深意地盯著沈傲，正色道：

「記住，既然你已經選擇這樣做，就得一鼓作氣，不可洩氣。」

沈傲突然心中一鬆，這一句話對他不啻於是最好的鼓勵，灑脫地道：「甥兒明白，人擋殺人，佛擋殺佛。」他摸了摸藏在胸口的金箭，信心十足。

和周正只說了寥寥幾句話，可是從這幾句話中得出的資訊卻是很多。有一點可以肯定，這朝中只怕不少人都能猜測出此案的真凶，可是幾乎所有人都沒有開口，因爲會惹來麻煩，身爲勳貴，明哲保身是不二法則。

另一個資訊就是，自己需好好提防刑部那邊，一些進展該瞞的要瞞，不能掉以輕心；還有就是衛郡公只怕是指望不上了，一切只能靠自己。

見沈傲走出來，鄧龍提著燈籠迎過來道：

「公子，你怎麼進去時臉色還是陰沉沉的，出來時，就一下子容光煥發了，莫非是國公要將小姐許配給你？啊呀呀，這可不妙，男子漢大丈夫，豈能爲妻子所絆？我真爲公子不值啊。」

沈傲心裏在笑，這個鄧龍似乎一點擔心都沒有，人，還是簡單的好，簡簡單單，想得不多，又何嘗不是一件幸事。他搖了搖頭，又想，可惜，我已注定不能平凡簡單了

哼，既然是這樣，那就鬧個天翻地覆吧。

汴京糧庫被焚，頓時謠言漫天飛出，街頭巷尾，到處是低聲竊語，各種流言如長了翅膀般飛速傳播。

甚至有更誇張的，說是兩年前斬的方臘突然復活，已在江南拉起了旗幟，不日揮師

北上；這種謠言雖經不起推敲，卻也有些人深信不疑。

不過很快，一些嗅覺靈敏的人便預感到糧價必然上漲，城中四大糧庫，其中一座已經焚毀，缺糧只是早晚的事，有了這個恐懼，第二日清晨，各大米鋪的門口，就已圍了不少人。

尋常的日子裏，隔三岔五地買個幾升米也就罷了；可是今日，許多人卻是挑著擔子，抱著大甕，全家上陣。眼下趁著京中有糧，能買多少先買下多少，等到沒有糧的那一日，價錢必然暴漲。

因此，不到中午，各大米鋪的米糧就已席捲一空，自然也有不少米商，一時不敢哄抬米價，於是乾脆囤積些大米，以觀望風向。

這種事古已有之，商人逐利，囤積居奇雖然是殺頭的重罪，可是在巨大的利益面前，自是有人想冒險一試。

米鋪沒了米，恐慌便蔓延開了，說什麼的都有，以至於那各家米鋪的門前，已是人山人海，叫罵、呼喊聲不絕；好在城中禁軍處置得宜，一隊隊禁軍出現在主要街巷處，倒也無人敢做出過激的舉動。

出了這樣的事，京兆府自然不能袖手旁觀，立即召集米商，責令他們出售陳米。

米商們紛紛道：「大人，倉中已是空空如也，哪裡還有米售。」一個個叫苦喊屈，其實早在見這京兆府尹之前，這些米商已經串通起來，只要一口咬定無米可售，誰也拿不住他們。

京兆府尹只是冷笑，將聖旨宣讀完，才道：

「如今已是緊要關頭，一日城中缺糧，可不是鬧著玩的，你們自己掂量清楚，拿出米來，就是略略抬高些價錢，也可以商量；若是敢囤積居奇，可莫怪老夫翻臉不認人。」

這句話警告意味深長，意思是，抬價只要莫要過分，其他的倒還有商量的餘地。眾米商會意，出了京兆府，商議片刻，便各自回去，又開始售米。

如今的米價，是一日三漲，原先一升是五錢，後來是七錢，九錢，最後竟是到了十三錢的高價。在這種情況之下，誰也不知到了明日，米價會到何種恐怖的地步，因而整個汴京城的百姓，都在為購米的事而心煩。

價錢升得越快，購買得越多，這本是古往今來最令人大跌眼鏡的事，卻也是最現實的事。

在大理寺坐鎮的沈傲，此刻卻在下棋，下的竟還是五子棋，與之對弈的，是大理寺卿姜敏，這五子棋簡單，變化卻是不少，沈傲教會了他，便邀他來下。

按理說，姜敏哪裡有這樣的心思，城中米貴，對朝廷的旨意陽奉陰違，這是天大的罪，偏偏，眼前這位沈公子卻是渾不在意。

如今連衛郡公也病了，說是病得很重，連下榻的力氣都沒有，太醫已經去過了，得出的結果是氣血不暢，憂勞成疾。

姜敏預感到，衛郡公這是在避嫌啊，偏偏他這個大理寺卿，卻是想避而避不得；因此，沈傲提出對弈，姜敏自然拒絕，連連搖手，道：「沈公子，這棋就不下了，老夫還有公務。」

沈傲臉色一板，立即掏出金箭來：

「金箭在此，如天子親臨，天子叫你下棋，你不下也得下。」

姜敏無語，見過的欽差多了，卻沒見過這樣的，別人急得要死，他卻是好整以暇，還真拿雞毛當令箭了。

可是金箭出手，還真有如朕親臨的功效，姜敏只好坐下來，和他擺著陣勢。

沈傲笑呵呵地道：「只下棋也沒什麼意思，不如加點賭資吧，小賭怡情嘛。」他笑得很奸詐：「不過，我若是說一貫錢一局，大人一定會覺得有辱了身分，堂堂大理寺卿，一貫錢算什麼呢？傳揚出去，只怕還讓人笑話。這樣吧，就五十貫一局吧，大人先請。」

姜敏想哭的心都有了，五十貫？這小子真夠黑的，擺明了是要訛人錢財。姜敏無奈，只好屏息坐定，開始對弈。

就這樣整整下了兩天，姜敏滿腹心事，再加上又是新手，已輸了七百多貫，實在無語得很。

可是對於案情，沈傲卻一點也不上心，只是每日聽些派出去的公人彙報，姜敏坐不住了，對沈傲道：「公子，如今汴京米價已到了七十錢一升，再漲下去，只怕會激起民怨啊。」

沈傲微微一笑，卻只是搖頭：「再等等，應當快有消息了。」

這個消息如石沉大海，卻是一點波瀾都沒有；足足又等了兩天，汴京米價已是突破了九十貫，更為恐怖的是，各大糧號已是存貨盡空。

夜裏，一名推官神神秘秘地回到大理寺，向沈傲稟告道：「公子，各大商號又有米了。」

隨即，沈傲露出一絲詭異的笑，拋下棋子，向姜敏道：「大人，一共是九百五十貫錢了，在下是很相信大人信譽的，不需要寫一份欠條吧。」

姜敏感覺自己臉上的皮膚不由自主地僵了僵，生硬地道：「過幾日，下官必將紋銀送上。」

沈傲頷首點頭，才對推官道：「不是說商號的糧庫空了嗎？就算就近將附近州縣的糧食運來，也沒有這麼快吧。」

推官道：「下官一開始也是覺得奇怪，後來派人一查，發現這些米，全是一個叫景泰的商人提供的，景泰負責供貨，各大商號負責售米，這些糧食，大清早便從岳台運進城來，以各大糧號的名義，直接進入各大糧號的米庫。」

沈傲冷笑一聲：「看來我們這位奸商同學終於坐不住了。」岳台距離開封不過二十里之遙，倒是儲糧的好去處。

汴京城內的糧食，如今已增值了二十倍，二十倍，對於商人來說，誘惑實在太大了，足夠令他鋌而走險了。

沈傲這一招引蛇出洞，漏洞不是沒有，而且動機可疑，但是在巨利面前，他不怕魚兒不上鉤。

沈傲問道：「這景泰現在在哪裡？」

「岳台。」

沈傲微微一笑，道：「辛苦了，爲了慰勞大家，這幾日出去打探的兄弟，每人打賞五十貫。總不能教大家白做事。」

推官面色一喜，連忙道：「多謝公子，這是下官們的本份。」

誰知沈傲拋了一句：「賞錢就向姜大人要吧，姜大人，你不會賴賬吧。」

姜敏現在才是感覺沈傲只怕是早就給自己挖好一個大坑了，可臉上還是正色道：「公子這話，莫不是小看了老夫？」

「這就好，這就好。」從懷中掏出金箭，沈傲的臉色變得無比的莊重：「通知殿前指揮使司，從即刻起，全城戒嚴，任何人不得出入內城，大理寺差役人等立即前去各大商號拿人。」

「拿人？」姜敏現出疑惑之色。

「沒錯，將米商們全部拿了，他們的罪名是通匪！王八蛋，叫他們吃了的全部吐出來，老子最恨發國難財的。」

沈傲對清算這種事輕車熟路，轉而對鄧龍道：「你去叫上幾十個禁軍的兄弟，就說本公子要請他們去尋樂子，來這裏集合。」

鄧龍道：「尋什麼樂子？這不太好吧，我們都是陛下親軍，這種尋花問柳的事，那是想都不肯去想的。」

想都不想？各大勾欄裏，禁軍比狗還多，沈傲瞪了他一眼，道：「快去。」

夜幕降臨，城中卻是一下緊張起來，禁軍封堵了城門，差役們四處出沒，竟是到處緝捕人犯，狗吠聲，敲門聲驟起，隨即便是破門而入，有人高叫：「趙掌櫃，你東窗事發了，來，拿下。」

「冤枉啊……」

這樣的聲音，淒厲恐怖，讓人不禁聯想起幾日前的米庫被焚，讓人心驚膽跳。

前往岳台的官道上，百餘匹健馬在黑夜疾馳，在火把的搖曳之下，沈傲被一群禁軍簇擁，一身勁裝，頗有些威風凜凜。

這些人，都是以尋樂子的名義調出來的，非但沒有知會三衙，就是刑部那邊也沒有吐露風聲，現在開封城已經戒嚴，連隻蒼蠅都出不來。沈傲可以斷定，這個消息暫時還沒有走漏。

當務之急，是盡速趕至岳台，在消息走漏之前，將這些小魚小蝦一網打盡。

這一路過去，岳台已是遙遙在望。黑暗的城廓逐漸顯露出來，低矮的城牆自是比不上汴京；到了城下，讓鄧龍去叫門，看見是禁軍，又聲言有金箭，大門徐徐打開，守城的廂軍都頭出來訊問。

穿過城洞，沈傲冷看了都頭一眼，掏出金箭道：

「等會兒繼續封堵城門，沒有我的命令，誰也不許開門，誤了差事，拿你是問。」

隨即大手一揚：「拿住了景泰，賞錢五百貫，兄弟們，跟我走。」

第七四章

水落石出

楊戩道：「被貪墨的糧食已經尋到了，拿住了奸商景泰，
景泰攀咬到了陳元身上，陳元死不招供，大理寺已準備過刑再審。
按著沈傲的意思，這陳元之上，還有大魚，
再給他一天時間，整個案子必然水落石出。」

馬蹄聲振聾發聵，將一座大宅圍了個通透，不一會兒，一個矮胖的男人衣衫凌亂地被鄧龍揪出來。

「你們是什麼人，深更半夜，擅闖民宅，不怕王法嗎？」

沈傲呵呵一笑：「你叫景泰？找的就是你，戶部的幾個官員已將你招出來了，你勾結官府，盜取國庫儲米，罪無可恕，事發之後，又怕有司追查，竟喪心病狂，唆使人燒了糧庫。」頓了一下，獰笑著道：「你就等著千刀萬剮吧，來人，將他帶走。」

景泰愣住了，忍不住地道：「這糧庫並不是我唆使人燒的。」話及出口，頓感不妙，說了這句話，不就是承認自己盜取儲米，官商勾結嗎？

幾個禁軍拿住他，沈傲冷笑道：

「你還要狡辯什麼，戶部的幾個大人都已經招供了，焚燒糧庫之事，是你一人策劃參與的。」

接著，看著其他人道：

「不要再和他浪費口舌了，直接帶走，留下人看好這宅子，裏面的所有親眷統統看好了，官家不日就有旨意，到時逃了哪個人犯，誰也擔當不起。」

景泰聽這話音，已是駭得說不出話來，心裏不由地想：「他們已經招供了？且還將我推為主謀？我一個小小商人，哪裡吃罪得起，這……這可是天大的罪啊，滿門抄斬，屠戮三族也不為過啊。」

景泰稀里糊塗地被人推入囚車，隨即取道出城，直往汴京去了。

到了黎明時分，大理寺點起燭火，景泰被押上公堂，這一路上，他想了許多，從捉捕他的這些公人來看，應當不像是差役，而是禁軍；也沒有直接將他押入京兆府，這一看，卻是大理寺衙門，大理寺只審重案、官案，其性質與詔獄相同；只這點上，他已經深感大事不好了。

趴伏在堂下，景泰瑟瑟發抖，咬了咬牙，道：「大人，我招，我招供，我全招供。」招是死，不招也是死，可是招了，或許還能保全族人，一旦別人將屎盆子都扣在他的頭上，那一切都完了。

沈傲坐在錦墩上，他不是官，因而沒有坐在公案後的資格，可是又懷著金箭，因而作為主審。

沈傲的嘴邊飛快地帶出一絲詭異的笑意，道：「招什麼？該招的都已經招了，你現在招供，已經晚了，來，押下去，先打半個時辰，再拖上來。」

世上審問案情的，卻從來沒有這個規矩，人家要招供，卻不讓招，這是什麼道理。

大理寺差役聽了命令，如狼似虎地衝上去，揪著景泰下去，隨即隔壁的刑堂，傳出淒厲的吼聲。

沈傲好整以暇，徐徐地喝了口茶，打起了幾分精神，大理寺卿姜敏和幾個少卿、寺正逐一地來了，見案情有了進展，俱都精神一振，沈傲不坐在案前去，姜敏自然也不好坐上，只好叫人搬了錦墩，一群大理寺的官員，都在下側安坐。

等了許久，景泰如死狗一般被拉上來，此刻的他，蓬頭垢面，渾身傷痕累累，眼淚都已哭乾，趴伏在堂下道：

「大人，小的冤枉啊，焚燒糧庫的事，與小的一點干係都沒有，都是戶部司儲主事陳元的主意，請大人明辨。」

「說了不用你招供，你招供也已經晚了，來，再揪出去打，只要不打死就行。」沈傲完全沒有問案的覺悟，輕描淡寫又是一個打字。

逼供？那可真是冤枉沈大公子了，他只打人，從不問口供的。

朝鄧龍招招手，鄧龍會意，走到沈傲的身邊道：「公子有什麼吩咐？」

「帶幾個兄弟，去把陳元捉來。」

鄧龍頗爲猶豫地道：「陳元乃是正六品官員，不先請旨去了他的官職，只怕……」

沈傲瞪他一眼：「快去，一切後果，我來承擔。」

鄧龍立即去了。

過不多時，那陳元便被押來，他衣衫凌亂，顯然還未穿衣，雖是成爲階下囚，陳元畢竟還是做過官的，一見到堂上諸人，便齜牙冷笑：

「不知諸位大人請下官來，所爲何事？」

他顯得出奇的鎮定，臉上沒有半點的畏懼之意，就是對大理寺卿姜敏，也絕沒有一絲懼怕之心。

沈傲呵呵一笑，走過去扶住陳元的手，道：

「陳大人，今天請你來，是有件事要問清楚。」

「哼！」陳元冷笑：「既是問事，也該有問事的樣子，這樣派人來捉我，又是什麼意思？我是官身，就是有罪，在未脫下這官衣……」

沈傲笑呵呵地打斷他道：「陳大人這話是怎麼說的？你是朝廷命官，誰敢說你有罪，我沈傲第一個不同意。來，上辣椒水，搬老虎凳來，請陳大人坐。」

差役們面面相覷，辣椒水？這辣椒是何物？莫非是茶水；至於這老虎凳，更是聞所未聞。

沈傲這才明白，這個時代的刑具實在太落後了，居然連辣椒水和老虎凳都沒有，這叫人情何以堪？只好道：

「那就打吧，先拉出去打一兩個時辰再說，喂，先把他的衣衫扒下來，不必客氣。」

「你……你瘋了。」陳元大怒，見幾個差役過來，一時呆住了，這樣的瘋子還真是聞所未聞，禮不下庶人、刑不上大夫，這是自古以來的規矩，堂堂士大夫，他也敢打？

「我沒瘋。」沈傲苦笑，掏出金箭：「面此箭如面君，是官家要打你，和學生一點干係都沒有，你方才說什麼？你說我瘋了？好，把這條罪名也給我記下來，他這是目無君上，誹謗朝廷。」

鄧龍憋不住了：「公子，這也叫誹謗朝廷？」

沈傲冷笑道：「當然是，他方才說我是瘋子是不是？我若是瘋子，官家賜下金箭，這是什麼？是不是說官家有眼無珠，識人不明？咱們的皇帝英明神武，慧眼如炬，怎麼到了他口裏，卻成了昏君？你說說看，這是不是目無君上？是不是誹謗朝廷？」

鄧龍愣了愣，喃喃道：「好像很有道理的樣子。」

陳元大叫：「你這是血口噴人，欲加之罪，何患無辭……」還要再說，已被人架了出去。

等再將他拉上來，陳元已是奄奄一息，這年頭，當官的都缺乏體能鍛煉，屁股一打，便受不住了。趴伏在公堂下，嘴巴卻硬實得很，冷笑著道：

「哈哈……哈哈……今日你打了我，異日我教你十倍百倍地奉還回來。」

沈傲喝了口茶，悠然地道：「這個就不必了，反正你的命也到頭了，好啦，該打的也打了，現在陳大人還有什麼要說的？」

陳元獰笑著道：「有，我要彈劾你這小小監生，竟敢毆打官員，目無綱紀，徇私枉法。」

沈傲嘆了口氣：「到了這個時候，你還嘴硬？來人，給他掌嘴。」

「誰敢?!」陳元目若虎瞪，望著走上前的差役。

沈傲喝道：「打。」

差役們蜂擁上去，或抓手，或勾腳，一個差役左右開弓，啪啪啪的搧了陳元數個耳光，陳元被打得腦袋發懵，口裏吐出一口血來。

沈傲正襟危坐，笑得如沐春風，倒是將身側的幾個大理寺官員嚇了一跳，只覺得這傢伙實在有些手辣過頭了。

其實他們不知道，沈傲比誰都清楚，皇帝要他審案，要的就是這個效果，若是沈傲還溫文爾雅地跑去請陳元喝茶，那還需要他做什麼？這種事，誰做不得？

「我再問你，你有什麼要說的？實話和你說吧，既然把你抓進了這裏，你這輩子也別想出去，想想清楚，不要誤了自己，更為自己的族人想想。」

陳元大笑：「哼，沒什麼要說的。」他倒是硬氣得很，咬緊牙關，絕不吐露半字。

沈傲嘆了口氣：「你不說，我就幫你說吧。你勾結糧商景泰，將庫中的儲米私自兜售給他，眼看年關將至，朝廷就要查驗庫房，你害怕東窗事發，是以乾脆尋了同夥，將糧庫燒了，來個一不做二不休，是不是？」

陳元冷笑：「小小監生，倒是很會遐想。」

沈傲目光一緊，冷冷地看著陳元道：「來，將景泰帶上來。」

不多時，那渾身是傷的景泰便被押上，沈傲指著景泰道：「陳大人可認識他？」

陳元看都不看：「不認識。」

景泰道：「大人，我認識他，認識他的，他和我交情深厚，就是他，唆使人將糧庫燒了。」

陳元瞪著景泰道：「你莫要血口噴人，小心自己的腦袋。」這句話隱有威脅之意，倒是讓景泰縮了縮脖子，再不敢說了。

沈傲卻是不以為意：「看來不用刑，陳大人是不會招供了？我只想問你，在你的上頭，還有誰參與此事，你莫要狡辯，憑你一個小小主事，也幹不出這種驚天動地的事來，到底是誰唆使你的？」

陳元只是冷笑，並不答話；他心裏清楚，只要死咬著不鬆口，誰也不能奈何他。

沈傲虎著臉道：「動刑吧。」

幾個差役提著水火棍上前，沈傲又擺擺手：「且慢。」太沒有創意了，動刑就是打屁股？這思維也太僵化了吧？難怪這陳元膽氣這麼足。

沈傲微笑地看著陳元，只是那樣的笑，任誰看了都有種無形的懼意，只怕陳元今日才是真正遇到了這輩子的剋星。

沈傲語調不驚地道：「將陳大人的衣衫脫光了，放到大街上去，再將他的手腳綁住，放在地上，在他的渾身塗點蜂蜜水吧，陳大人乃是金貴人，打屁股這種事，豈不是有辱了他的清白？來人，按我說的去辦。」

陳元先是聽沈傲要將他脫去衣衫放在大街上，頓時嚇得面如土色，他畢竟是個讀書人出身，雖然犯下了天下的事，可是羞恥兩個字怎麼寫卻也是知道的；再聽沈傲教人在他身上塗滿蜂蜜，一時又不知這是什麼刑法了。

身側的鄧龍將自己心中的好奇問了出來：「公子，塗蜂蜜做什麼？」

沈傲欣賞地看了鄧龍一眼，這傢伙有前途啊，還知道和自己一唱一和，冷笑道：「塗了蜂蜜，地上的蟲子啊、螞蟻啊什麼的，自然就引來了，那螞蟻、蟲子雖然咬不死人，可是成百數千的小傢伙不斷的噬咬，嘿嘿，既不會將陳大人弄死了，又可以讓陳大人嘗嘗養蟲的滋味，把他放幾個時辰，保證他什麼都會招出來了。」

鄧龍深吸了口冷氣，情難自禁地豎起了拇指：「公子高明。」心裏卻是打了個冷戰，這沈公子真是心狠手辣啊，這樣的毒招，虧他想得出。讀書人就是讀書人，不是有句話說的好嗎？讀的書越多，壞水就越多。今日總算是得到了印證。

萬歲山上薄霧騰騰，站在半山腰上伏望下去，山下煙雨朦朧，景致隱約可見；冷風吹過，帶來絲絲寒意，趙佶忍不住看了看天色，喃喃道：

「風雨欲來，看來又要下雨了。」

楊戩抿著嘴，垂立不語，近來官家的性子是越來越古怪了，他偷偷瞥了官家一眼，最後目光落在這涼亭外一溜兒跪地的官員身上。

跪在地上的官員，渾身都被這薄霧淋透，濕漉漉的，卻一個個面如死灰，悲戚之中，帶著某種憎恨。

趙佶坐下，慢騰騰地喝了口茶，悠悠然地道：「你們來，就爲了這事？」

頓時，有人匍匐著咬牙切齒道：

「陛下，刑不上大夫，沈傲一介監生，賜予金箭，卻假借官家的名義，肆意羞辱大臣，祖宗百年之法毀於一旦，陛下不可不察啊。」

其餘人也紛紛附和道：「陳大人被抓進了大理寺，百般羞辱，嚴刑逼供，就算有罪，又何至於此？」

趙佶抿著唇，心中卻是一凜，臉色鐵青，氣得說不出話來，半晌才將楊戩叫到一邊，道：「案情如何了？」

楊戩道：「被貪墨的糧食已經在岳台尋到了，拿住了奸商景泰，景泰攀咬到了陳元身上，陳元死不招供，還在受審，大理寺已派人拿了不少的戶部官吏，準備過刑再審。按著沈傲的意思，這陳元之上，還有大魚，再給他一天時間，整個案子必然水落石出。」

趙佶冷笑道：「只怕陳元之上，大魚不止一條吧？哼。」

楊戩噤若寒蟬，抿了抿嘴道：「誠如官家所言，此案牽涉太多，只怕是不能再審下去了。」

楊戩哪裡知道，這個沈傲竟如此快的尋到了真凶，這個案子再審下去，所牽涉的官員就太多了，除非官家已下定了決心，否則此案只會尾大不掉。

「沈傲啊沈傲，咱家這是爲你好呢，真要鬧出驚天動地的大事來，到了那個時候，你可就要小心了。」楊戩心中苦笑。

趙佶似在猶豫，臉色變幻不定，闔目陷入深思，終是抬眸道：

「楊戩，你去傳旨，沈傲破獲了大案，朕心甚慰，記他頭功一件。景泰、陳元二人，官商勾結，罪無可赦，判斬立決，其家產悉數抄沒，楊戩，你會同沈傲一道抄了景泰的家底吧，重設糧庫，將消息放出去，平抑糧價。」

「遵旨。」

趙佶眼眸落在亭外跪地的一溜兒官員身上，憎惡地道：「統統退下吧。」

「遵旨。」

陳元的宅邸，可謂是巍峨之極，占地百畝，亭樓閣宇連為一片，雕梁畫棟，奢華到了極點。

一擔擔糧食裝上車，直接拉走，據聞此人有七八座糧倉，全部都堆滿了，這些糧食一入庫，這汴京城哪裡還缺什麼糧。至於家產，更是殷豐無比，單黃白之物，就有千錠之多。

身為抄家大員，沈傲鐵面無私，公私分明，非但自己不貪污剋扣，更是嚴令所帶來的差役不許夾帶私拿，雖是大權在握，卻是兩袖清風。

楊戩坐在沈傲一旁，在這景泰家的後堂裏實在無語，官家教二人主持抄沒，其實就是存了打賞的心思，教二人從中私扣一些錢財下來的，偏偏這個沈傲，卻是個死腦筋，竟連這個都不懂。

「讀書人就是讀書人啊，腦筋太死，真是令咱家爲難了，他不提這個事，咱家怎麼好提？」楊戩唏噓一番，慢吞吞地喝著茶，隨口和沈傲說了幾句玩笑話。

沈傲心情極好，一個個差役過來稟告抄沒的數量，什麼白銀四萬六千兩，黃金七百錠，糧食三萬二千擔……至於官家下旨意教他不要再查，他倒是並不介意，這種事，他瞭解的，再查，皇帝老兒都兜不住，這樣才好，自己總算是卸下了重擔。

過不多時，便見一個個差役抱著瓷瓶兒、盤玉進來，道：

「楊公公、沈公子，這府上有不少奇珍古玩，該如何處置？」

沈傲招了招手：「拿上來我看看。」

差役先是抱著一個青花瓷瓶上來，道：「據聞沈公子眼力無雙，請沈公子看看。」

沈傲只瞥了一眼，冷笑道：「這青花瓷瓶本是唐時的古物，價值不菲，換到現在至少也得賣個七八百貫，可惜，可惜啊，竟是個贗品，能值個三五錢就已不錯了，這樣的東西，就不必抄到府庫裏去了，扔了吧。」

楊戩似乎聽出了一點兒話外之音，道：「這瓷瓶兒雖是贗品，可是咱家看著倒很喜歡，沈公子，若是不介意，送到咱家府上去給咱家把玩把玩如何？」

沈傲頗爲爲難的樣子：「這樣不太好吧，若是讓人知道了，還道是楊公公連三五錢的瓷瓶都要呢，本公子奉公守法，清正廉潔，清如水，明如鏡，是最討厭有人侵占公家財物的。楊公公若是喜歡，那就拿三五個大錢來，把瓷瓶買下，這樣一來，誰也沒什麼話說。」

楊戩正色道：「沈公子說得不錯，咱家伺候著官家，更改以身作則，這瓷瓶兒，咱家買下了，等下來向咱家要錢。」

沈傲翹起大拇指：「楊公公的操守真是沒得說，學生佩服，佩服之至。」

楊戩呵呵一笑，教人將瓷瓶放到一邊。過不多時，又有差役抱著一個無瑕的盤玉過來，這盤玉足有碗大，做工精細，色澤溫和，毫無瑕疵。

沈傲一看，道：「好一塊漢玉，這玉若是真品，市值至少千貫以上了，可惜，這景泰不識貨，竟也是個贗品，哎，可惜，可惜，放在市面上，最多也就賣個幾十大錢，來，把它扔了。」

楊戩連忙喝止，道：「沈公子，扔了可惜了，不如就給沈公子拿去玩吧，反正也不值幾個錢的。」

沈傲略略一想，正色道：「這倒是，好吧，我買下來了。」便從百寶袋裏掏出許多銅錢來，擱在桌案上，揀出十幾個錢，交給差役：

「登記上，省得有人說本公子連十幾個錢的贗品都要貪墨，本公子很有節操的。」

差役無語，將盤玉擱到沈傲一邊，收了錢，連忙道：「是。」

這府上的珍玩不計其數，沈傲身爲鑑寶大家，無奈何，只好辛苦一下，爲它們鑑定了。這鑑定下來，便忍不住罵罵咧咧，這個景泰實在太可惡了，十個古玩，就有七個是贗品，讓人情何以堪，當真是豈有此理。

既然是贗品，扔了又有些可惜，只好由沈傲和楊戩二人出錢買下，這賬算下來，二人各出十貫，竟是買下了數十件古物。

一直忙到夜深，這抄沒的工作也只是進行了一小半，楊戩呵呵一笑，叫人將那些「贗品」全部裝了車，送到了府上去，對沈傲道：

「沈公子，咱家也算幸不辱使命了，今日沈公子的公正無私，廉潔清明，讓咱家大開眼界，嘿嘿，和沈公子一道兒辦差，咱家心裏踏實的很，就是一個痛快。」

沈傲呵呵一笑，連忙擺手道：「我們身爲人臣，爲陛下做事，那是我們的本分，陛下諄諄教誨，教我們要奉公守法，我們豈能忘了？楊公公的節操，我也是很佩服的。」

二人絮了話，責令差役封了宅子，各自回家；沈傲騎上馬，身後則是一輛大車，鄧龍尾隨其後。

夜深人靜，街道上冷冷清清，沈傲將鄧龍喚過來，對鄧龍道：

「車裏的東西，待會兒你連夜送到邃雅山房去，告訴吳掌櫃，叫他把這些東西都賣了，對了，車裏的一個硯臺，就賞給你吧。」

鄧龍心領神會，呵呵笑道：「公子，車裏的東西，到底是不是贋品？」

沈傲板著臉道：「你胡說八道什麼？連本公子的眼力都信不過？」

鄧龍嘿嘿笑道：「明白，我明白的。」

回到自己的屋子，已是夜半三更，鄧龍押運著馬車去邃雅山房了，難得今夜清靜得很，沈傲點起了燭火，心裏鬆了口氣，這件大案，總算是圓滿告終，而他沈傲，總算也不辱使命。

至於那些奇珍古玩，若是拿出去兜售，至少也能換個七八千貫大錢，邃雅山房的生意，還可以繼續擴大一些。

這一夜睡過去，第二日清晨起來，沈傲一時恍然，依舊去抄沒的現場，楊公公早已到了，眉開眼笑的與沈傲打招呼，想必昨夜回去，他帶去的那些贋品已經尋人專門鑑定過，因而心情愉快極了，笑呵呵的道：「沈公子，等這件事辦完了，你是大功一件，咱家在官家面前，一定為你美言幾句。」

沈傲呵呵笑道：「有楊公公在官家身前，自然不會說學生的壞話，學生放心的很。」

楊戩便大笑，這個沈傲會說話，會辦事，還很上路，倒是一個難得的人才，笑嘻嘻的扶著沈傲的肩：「咱家有話和你說，你隨咱家來。」

揮退諸人，將沈傲拉至角落，楊戩笑呵呵地道：「沈公子，這一次你立下了大功，不過，你現在仍是監生，官家說了，這筆功勞暫且記下，將來等你中了試，自是跑不掉的。」

誰知道能不能中試？沈傲心裏腹誹一番，真是太黑了，如果這科舉中不了，豈不是等於說這功勞就算白搭了？他豎著耳朵繼續聽下一句話。

楊戩又道：「說起來，咱家還有件事想請你幫忙，蒔花館，公子聽說過吧？」

非但聽過，而且還是常客呢。

沈傲笑著道：「蒔花館，這是什麼？公公不要見笑，學生兩耳不聞窗外事，一心唯讀聖賢書，像什麼天香樓、蒔花館，是聽都沒有聽過的。」

楊戩無語，聽都沒聽過，你還說得這麼順溜，道：「這蒔花館呢，說得直白些，其實就是青樓，是咱家開的。」

第七五章
一箭雙雕

楊戩略略一想，目光突然一亮，恍然大悟地拍著大腿道：

「是啊，咱家明白了，沈公子這一招真是厲害，

既賣了周刊，又為自家的酒肆廣而告之，一舉兩得，一箭雙雕。」

不是吧？沈傲無論如何也想不到，那大名鼎鼎的蒔花館，竟是一個太監開的；隨即又想，這樣的經營模式不錯，至少杜絕了監守自盜的可能。咦？爲什麼本公子會想到監守自盜四個字，莫非推理水準見長？

偷偷瞥了楊戩一眼，見他神色頗有些心不在焉，連忙收斂那氾濫的思維，道：

「久仰，久仰，原來楊公公還涉足到了娛樂業，楊公公告訴學生這些事，莫非是教學生去光顧蒔花館，爲楊公公添幾分生意？哎，楊公公既然開了口，學生還能壞了公公的興致？雖說去蒔花館……有點爲難了學生，風花雪月的事，學生是最不在行的……」

沈傲越說越離譜，楊戩連忙伸手打住，這什麼跟什麼，你老兄要是不在行，那真是沒有天理了。那蓁兒小姐的詩句，還有和蓁蓁不清不楚的關係就是鐵證。

不過，楊戩也不願糾纏這個，苦笑道：

「單靠公子一人光顧，又有什麼用？咱家和你說了吧，這蒔花館眼下在咱家手裏，就是塊燙手的山芋，哎，食之無味，棄之可惜啊。知道上月咱家的蒔花館虧了多少銀子嗎？」

蒔花館還會虧本？沈傲連忙搖頭，現出不可思議之色。

楊戩嘆了口氣，很是肉痛地伸出五根手指：

「足足五百貫，這還只是一月的盈虧，若是算上買胭脂水粉以及培養名妓的銀子，那錢可花到海裏去了。哎，咱家辛辛苦苦地在宮裏頭當差，俸祿微薄，省吃儉用地留下這麼點兒新俸來，全貼進去了。」

楊戩的臉上，彷彿寫了一個慘字，不是淒慘的慘，比淒慘更慘，慘不忍睹。

沈傲對這位可敬的楊公公實在無語，他還薪俸微薄？單他在宮外的大宅子，就比之王侯；昨大一夜的功夫，就純收入萬貫以上；他若是慘，後世那些辛辛苦苦、每天擠出一萬字的寫手，一個月辛辛苦苦連糊口的錢都賺不到，那叫什麼？還要不要人活？

沈傲道：「蒔花館的生意不是很好嗎？咳咳……學生的表弟是經常光顧那裏的，據說每夜都是高朋滿座呢，又怎麼會虧？」

好在周大少爺不在，否則又要受傷了。

楊戩左右張望，唏噓著坦誠布公道：

「咱家也不瞞你，這蒔花館在從前的生意自然是好的，嘿嘿，咱家治理有方，姑娘又都是精挑萬選，每夜的盈餘都在數百貫以上。可是嘛……哎，師師姑娘和官家的私情，沈公子知道嗎？」

沈傲連忙搖頭：「不知道，楊公公，你可不要亂說。」

楊戩倒是不介意，嘿嘿一笑道：

「這裏沒有外人，沈公子和咱家是什麼交情？有什麼不能說的。有一日官家閒得很，咱家便帶官家去了蒔花館，於是……」

他又嘆了口氣：

「官家能瞧上師師，咱家還有什麼說的，立即便教師師不用接客了，專門伺候著官家也就是了。可官家寵幸了師師，這師師就相當於宮裏的娘娘，咱家能得罪嗎？不能啊，師師在蒔花館裏，姐妹不少吧，這些師師的姐妹，咱家能得罪嗎？也不能啊。於是乎，姑娘們都賣藝不賣身了。

這倒也罷了，就是接客，還得看她們的心情，心情好了，和客人閒談幾句，心情不好，大門一關，咱家能說什麼？官家每個月都要去一趟蒔花館的，去了之後，那裏的姑娘也都相熟，平時也說上幾句話，就比如公子的老相好蓁蓁，與官家的關係那也是極熟稔的，咱家哪能管得住她。

哎呀呀，她們吃咱家的，喝咱家的，用咱家的，蓁蓁我自不必說，許多人為了一睹她的芳容，花費的銀子也不少，雖說脾氣大了些，至不濟也不用咱家貼銀子，其餘的姑娘，那就說不準了，有的一個月不去接客，每個月的胭脂、水粉錢也得上百貫，咱家就是有金山銀山，也養她們不活啊。」

他咂咂乾癟的嘴唇，眼淚都要掉落下來，繼續道：

「可是這蒔花館，咱家既不能轉手，也不能關門。畢竟官家時常要過問走動的，咱家現在左右爲難，不知該如何是好。沈公子，你是走買賣的行家，你來說說，咱家該怎麼辦？」

沈傲很謙虛很矜持地道：「公公這話從何說起，嘿嘿，一般一般而已，照公公這麼說，這蒔花館，還真是棘手得很呢。不過，也不是完全沒有辦法。」

「哦？」楊戩眼眸一亮，道：「沈公子你說，若真讓蒔花館的盈利起死回生，咱家一定少不了你的好處。」

說起來，這蒔花館當真是不賠錢沒天理了，姑娘們不接客，這妓院還叫妓院？就好像邃雅山房不提供茶水服務一樣，不過，沈傲畢竟兩世爲人，後人許多做生意的辦法，倒是都可以用上，便神秘一笑道：

「公公，這主意嘛，我先賣一個關子。不過嘛，公公既然喜歡做生意，學生就和公公談談生意吧。」

二人坐回位子上，叫人上了茶，楊戩撣了撣身上的灰燼，笑呵呵地道：「公子是個痛快人，談生意，咱家喜歡，這生意怎麼個談法，公子你說。」

沈傲道：「我這裏呢，手下有一個周刊，公公知道嗎？」

楊戩眼眸一亮：「知道，知道，是叫《邃雅文萃》嗎？」

沈傲頷首點頭：「正是，這《邃雅文萃》近日在坊間倒是火得很，七日一刊，一刊暢銷萬份，扣去成本，一個月至少能賺千貫以上。這還只是周刊發售的收入，將來呢，還可以添加些商業廣告去，再擴大經營，一年賺個四五萬貫也不是不可能的事。」

楊戩聽他說什麼商業廣告，什麼擴大經營，雲裏霧裏，可是那四五萬貫的年收入，卻讓他心動不已，這可是一筆大買賣啊，想不到小小的一張紙片，竟能帶來如此豐厚的利潤。

沈傲笑著道：「這還只是小頭，重要的是，有了這周刊，往後做什麼生意，都有了一個傳聲筒。公公，我問你，若是你要開一家酒肆，怎樣才能招徠更多的客人？」

楊戩被問住了，喃喃道：「低價提供酒水如何？」

沈傲搖頭，神神秘秘地道：

「就算低價提供酒水，難道能天天走這種低價路線？更何況，就是你價錢再低，別人不知道，又能如何？做生意，最緊要的是廣而告之，要讓所有人都知道，你這裏有一家酒肆，大家知道了，只要你生意做得本份一些，這客人自然就源源不斷的來了。」

楊戩點頭，頓時覺得很有道理；別看他察言觀色的功夫厲害，可是論起做生意，卻比不上沈傲一個指頭。

過了片刻，楊戩又是一陣茫然，問道：「那麼，又怎樣才能讓人知道你這裏有家酒肆？能否掛上一個大些的酒旛上去？」

沈傲笑著搖頭：「這就要借助周刊的效果了，公公想想，若是在周刊的末尾或者首位上寫上你的店名，再印上店址，那些看了周刊的人在看故事的同時，自然也就記住了這家酒肆，這周刊賣得越多，知道這家店的人自然就多了。」

楊戩略略一想，目光突然一亮，恍然大悟地拍著大腿道：「是啊，咱家明白了，沈公子這一招真是厲害，既賣了周刊，又爲自家的酒肆廣而告之，一舉兩得，一箭雙雕。」

沈傲微笑著道：「公公有興致入股邃雅周刊嗎？」

楊戩又愣住了，入股？這周刊前景如此好，爲什麼叫咱家入股，這不是擺明就是分錢給他嗎？沈公子這人也不是傻蛋，後面一定還有什麼花花腸子吧。

楊戩一下子變得謹慎起來，正色道：「沈公了，我們也算是熟人了，你到底打著什麼主意，直說就是。」

沈傲笑了笑，也是正色道：「公公入股邃雅周刊，學生入股蒔花館，咱們一起聯手，把這生意做大來，如何？」

楊戩一聽，噢，原來沈傲想要入股蒔花館，蒔花館現在是年年月月的貼銀子，有人入股，倒也沒什麼，反正咱家不吃虧；可是這邃雅周刊卻是個香餑餑，一旦入股，那可就不同了，利錢是穩當當的。

這買賣怎麼計算，也是值的啊。

楊戩尙在猶豫，不知道沈傲葫蘆裏賣的到底是什麼藥，按理說，這個沈傲如此精明，應當不會送錢給咱家花啊；若說他想拍咱家的馬屁，這也太明顯了

左想右想，又理不出頭緒，深望沈傲一眼，無論如何也看不透這個沈公子。

沈傲心裏卻是清楚得很，相互入股，他可一點虧也不吃；邃雅周刊，早晚都要擴大發行的，影響力越大，難保不會有人想打它的主意，這畢竟是傳媒，一旦有人以妖言惑眾或者其他的罪名彈劾，一道聖旨下來，就得關門大吉。

可楊戩若是入了股，卻大大不同了，從此往後，楊戩便成了周刊的門神，想動這周刊，那些牛鬼蛇神也得掂量掂量自己的分量。說得不好聽些，就是蔡京起復，成了當朝太師，也絕不敢動這周刊。

此外，用周刊換來入股蒔花館，對於沈傲來說，也只有好處沒有壞處，蒔花館雖說現今經營不善，看上去只有貼錢的分；可若是轉換經營方式，以它的實力，將來必然成爲聚寶盆，現在入股，沈傲才好放心地操作，轉虧爲盈。

沈傲微笑著問道：「怎麼？公公還有什麼猶豫的？學生就是坑誰，也斷不會坑公公的，將來保準大家一道兒發財，總是少不了公公的好處。」

楊戩咬咬牙，道：「好，不如這樣，咱們各拿周刊和蒔花館一半的股份，有了收

益，一人一半，如何？」

見楊戩同意，沈傲心裏開懷大笑，這就等於他與楊戩的利益綁在了一起，將來周刊若是有人眼紅，有楊戩在，誰敢動手？

二人更加熱絡起來，說了許多話，晌午吃了些糕點填肚，眼看這查抄的差事已進入了尾聲，楊戩顯得憂心忡忡地問：

「蒔花館的事，沈公子一定要快些將辦法想出來，這樣虧下去可不成。」

沈傲拍著胸脯道：「過幾日就是年關了，過完了這個年，我就著手。放心吧，公公虧了錢，學生豈不是也在虧？」

楊戩哈哈一笑，略帶疲倦地道：「既如此，咱家就回宮覆命了，沈公子，後會有期。」

「公公好走。」

送走楊戩，沈傲查了賬冊，便對差役道：「封了宅子，將賬冊送到戶部去。」

一切繁複的差事辦完，沈傲總算交了差，該得的好處也得了，心滿意足地徑直往邃雅山房去。

這幾日忙得腳不沾地，邃雅山房的生意倒是忽略了，從後門進去，直接到二樓，恰好一個少女端著一壺茶過來，眼眸兒一亮，道：「沈大哥。」

這不是春兒是誰，見了春兒，沈傲心情大好。

許久不見，春兒反倒是更加俏麗了，一張圓圓的鵝蛋臉，眼珠子黑漆漆的，兩頰暈紅，周身透著一股青春活潑的氣息。或許是心情開朗的緣故，整個人顯得精神得多。

沈傲去接過春兒手的茶，故意埋怨道：

「春兒，我不是教你在這裏住著便好了嗎？這種端茶倒水的活，自有人去做。」

春兒笑呵呵地道：「春兒是閒不住的人，手腳不能停的，哪裡能春兒一個人擺著大小姐的架子，讓姐姐們都去忙活？沈大哥，你等一等，我去給一樓的客人送一壺茶下去。」

將沈傲手中的茶壺搶過去，腰肢兒一擺，便急促促地下了樓。

春兒很勤奮啊，性子也好，將來必定是個賢慧的妻子，沈傲心裏美滋滋地想著，獨自落座，哼了曲兒，便有幾個路過的侍女和小廝向他行禮，沈傲笑著與他們招呼，便問：

「吳掌櫃哪裡去了？」

有人答道：「吳三兒掌櫃說是想再開一家茶店，正與人洽商店鋪的事，至於吳六兒掌櫃，則在對街照顧那邊的生意。」

家業大了，吳三兒都有點兒忙不過來了，沈傲忍不住唏噓感慨，想當年的吳三兒，還是個善良懵懂的小夥子，半年功夫，就成了市儈的商人了，頭腦也開始練得靈活起來，居然還有幾分商業嗅覺，所以說，許多人一輩子庸庸碌碌，並不是他們天性如此，只是缺少一個機會而已。

過不多時，春兒笑吟吟地端著托盤上來，臉色微微帶著些許的俏紅，眼眉兒一拱，喜滋滋地道：「沈大哥你來。」竟是意外地主動拉住了沈傲的手，往三樓走去。

哇，春兒最近怎麼這麼活潑了，來？去哪裡？莫非……這樣不好吧，本公子還沒有做好心理準備呢。沈傲心裏狂喜，跟著春兒進了一間閨房。

咦，這好像是春兒住的房間，房間不大，瀰漫著淡淡的香氣，陳設簡單，卻又有一種溫馨感。

來到了正中的一個小案子上，春兒朝沈傲微微一笑，隨即指著案上的一本賬冊道：「沈大哥，你看，這是我作的賬，這個月的盈餘都在這裏。」

說著，春兒拿起賬本遞到沈傲的跟前，翻開一頁，書頁上有一行行蠅頭小字，字跡娟秀。

春兒道：「你看，這個月，邃雅山房的盈餘最多，有三千三百七十貫，刨去各種用度，純利是兩千三百四十一貫。至於邃雅周刊，總共的純利是八百九十四貫。」

接著，她微微地蹙起眉，喃喃道：

「只是這邃雅山坊的收益卻令人有些擔心，只有四百餘貫，這樣大的店面，單修繕的錢便投入了兩千多貫進去……」

沈傲無語，原來是叫自己來看她的工作績效的，笑著接過賬簿，翻了翻，一行行賬目錯落有致，倒是十分規整。

不過……這賬簿似乎有點小小的問題，這樣的記賬方法，不但耗費時間，而且一旦出現些許的差錯，整個賬就很容易出錯；看來這個時代的記賬方法挺落後的。

春兒見沈傲沉眉，頓然有些忐忑地道：

「沈大哥，怎麼了？是不是出了錯漏。」

沈傲微微一笑，道：「錯是沒有錯的，不過，我教你一個更好的記賬法。」

提起筆，沉吟一想，便在賬簿上筆劃起來，一邊筆劃，一邊道：

「你看，你可以把賬分開來算，比如支用了多少錢，只需在這邊的賬上填上數額，收入呢，就記在這一邊，如此一來，兩邊的賬目就清楚了，到了月底的時候，再將收入的總額減去支出的總額，這賬不就清楚了嗎？」

春兒眸光一亮，沈傲教導的辦法又簡單又清晰，她如何不明白，連連點頭：

「嗯，確實可以省下不少功夫，也可以避免出錯。」

沈傲呵呵一笑，迎向春兒那充滿崇拜的目光，反倒有些不太好意思了，今日精神正爽，便道：「我教你用一種新的數字來計數吧，這樣更方便。」

這個時代的阿拉伯數字還未流傳，這種記數方法顯然要方便得多，沈傲分別寫下〇至九的數字記號，開始教春兒分辨，春兒很認真地學，加之資質也不笨，總算弄清了原委。其實要學會這種數字很簡單，只要本身有計數的基礎，再將〇和零，1和一往上套就是。

教得差不多了，沈傲便直起身，將筆拋下，道：

「這樣計數，一來這賬目尋常人也看不懂，就算有，也只是為數幾個人知道，這其次嘛，等將來我們的生意擴大了，用從前的辦法計算過於繁複，若是用現在這個辦法，則可省許多力氣了。」

春兒聽到沈傲一口一個我們，臉色窘紅地道：「沈大哥，這些辦法你是怎樣想出來的？」

沈傲呵呵一笑：「你沈大哥夜觀天象，一道金光突然灌頂，頓悟而出，行不行？」

春兒眼簾兒一眨，道：「金光灌頂時是什麼樣子的？會不會痛。」

沈傲愣了一下，沒想到春兒還真單純到連這樣的話也信，自己一時倒顯得尷尬起來，解釋不清了；春兒和周若、蓁蓁不同，不管是什麼事，都無條件的相信沈傲，看上去傻乎乎的，那一種無條件的信任卻令人感動；這讓沈傲在她面前胡扯時，有一種罪惡感。

哎，這叫惡人自有惡人磨，想想本大公子專以騙人爲生，遇到了春兒，這渾身的本事有點用不上勁了。

輕嘆一聲，等沈傲回過神來，卻看到春兒一雙眼睛直勾勾地落在沈傲方才筆劃的賬簿上，似乎是在消化沈傲所教的內容，竟是全身心的投入進去，眼眸兒時而迷濛，時而清明，深陷其中，令人不忍打擾。

沈傲無語，春兒竟將自己撇一邊了，這算什麼，搬了石頭似乎砸了自己的腳啊，早知如此，不應該這樣早教她，等自己要走了再教。

百無聊賴，只好失魂落魄地出了春兒的閨閣，從走道過去，卻見一間屋裏竟是燈火搖曳，沈傲覺得有些奇怪，咦，大白天的點什麼燈？須知年關到了，火燭錢可是漲了整整兩個大錢啊，這傢伙太不知節省了吧。

門是虛掩著的，沈傲偷偷瞄了一眼，總算知道怎麼回事了；屋子裏很凌亂，四處都是書架和堆積的各種書，一張髒不溜秋的床上也擺了許多的書籍，墨汁兒連牆壁都沒有放過，靠窗的地方，卻恰好被一個書櫃給遮擋了；縱是白天，窗裏透不進光，也非得點起燭火不可。

再往桌案上去看，只見一個蓬頭垢面的傢伙正襟危坐，提著筆，卻是陷入了深思。

他……他是小章章？

沈傲一時瞠目結舌，上一次見到這個傢伙，他還是一副很乾淨，蠻清爽的樣子，怎麼幾天不見，就成了這副鬼樣子？媽啊，這麼長的頭髮，連根繩帶都不綁一下，這也太離譜了吧。

敲敲門，沈傲扯著有些發僵的笑容道：「小章章……小章章在不在？」

這是明知故問，也是爲了掩飾自己偷窺的行徑，做人要厚道，偷窺很影響節操的，更何況，偷窺的對象居然是個大男子，若是傳出去，難保不會有人浮想聯翩。

「表……表哥……表哥你來了，快，快進來。」陸之章的聲音帶著激動，他的嗓音有點變了，以前還帶著點兒磁性，可是現在，除了粗啞還是粗啞。

沈傲推門進去，湊近些看，總算可以確認眼前這個人是小章章了，嘆了口氣，道：「小章章啊，你這是怎麼了？把自己弄成這副模樣做什麼？就算娶不到表妹，也不必將自己折騰成這個樣子吧。哎，你看看你，這麼大的人，居然連自己都照顧不了。」

沈傲邊說，邊將目光落在桌案上，似乎感覺有點錯怪陸之章了；這桌案上卻是無數張白紙，有的塗鴉了潦草的字跡，有的雪白一片，這傢伙不會是在寫作吧？

陸之章帶著羞愧，上下打量了自己一番，道：

「啊……表哥，實在抱歉，想不到你要來，坐，坐吧。」

沈傲坐下，撿起案上帶著潦草字跡的草稿，當先三個字他卻是認得，隱隱約約像是「那猴頭」三個字；陸之章在一旁道：

「表哥，我在趕稿呢，再過兩日，周刊就要送初稿去審核刊印了，現在故事只完成了一半，尤其是這本《西遊記》，雖說劇情已經有了，可是我打算寫得更精彩一些，教看周刊的讀者不要失望。」

「哦。」沈傲這才發現，陸之章除去養尊處優之外，還算是個很刻苦的人，工作是很認真的，就是這副藝術家的扮相，讓他一時間接受不了。

目光一落，卻看到了案下的一封信箋，他和陸之章的關係自然不必說，逕自撿起信揚了揚，意思是詢問能不能看看，陸之章頗有些不好意思地點點頭。

信上的封泥早已撕開，將信箋掏出來展開一看，這一回，沈傲又震驚了。居然是讀者的來信，而且還是個熱情粉絲，開頭便盛讚小章章的故事生動，言語之中更有無盡的曖昧之詞，看著，看著，連沈傲都不由得羨慕起陸之章的豔遇了，早知道做寫手這麼受人矚目，這故事該自己操刀才對。

不過，等看到落款，沈傲便忍不住打了個冷戰，汗，落筆的人叫張大壯，原來是個大男人，而且還是一個極有可能性向出現異變的男人，好悲劇。

寫手這一行還是讓小章章去幹的好，每天寫這麼多字，什麼五十肩、腰骨疼痛不說，收入還少得可憐，說不定將來生了女兒，連奶粉都買不起。

咦，這個時代有奶粉嗎？木公子最近是不是有點時空錯亂了？

第七六章
一語驚醒夢中人

唯有周恆，卻是聽得似懂非懂，也是隨著眾人叫起好來，
反正表哥和唐大人都說了好，哪裡有不好的道理：
「好，好得很，茉兒姑娘這一句石破天驚，盪氣迴腸，一語驚醒夢中人，
小生佩服，佩服之極。」

看了會兒陸之章的初稿，一回生，二回熟，陸之章寫故事的能力倒是長進不少，這傢伙也用了心，再加上市場的反應極好，令他備受鼓舞，因而才廢寢忘食，已到了如癡如狂的地步。

像他這樣的公子哥，若是不出意外，只怕一輩子也就是混吃等死，沈傲恰好給了他一個施展才華的機會，陸之章才明白，人原來可以這樣地活著，雖然每日心力交瘁，可是卻充實無比。

所謂情場失意，事業得意，陸之章陷進去，便不能自拔了，每當收到讀者來信，雖有批評，卻是讚揚的居多，渾身便立時充滿了力量。

只不過，沈傲心裏苦笑，洪州的陸家若是知道本公子把這大少爺騙來寫稿子，不知會是什麼反應，說不定會糾集人痛扁本公子也不一定。還好，還好，身邊還有一個保鏢，異日狹路相逢，自然是鄧虞侯在前抵擋，本公子去喊人救命。

和陸之章說了會兒話，鼓勵他一番，便站起身告辭了。

陸之章急於趕稿，倒是沒有留他，依依不捨地將他送出門，道：

「表哥，等《西遊記》的初稿定了，我抄送一份送你，你幫我看看，有表哥把關，我心裏踏實一些。」

沈傲點點頭，步出這間亂七八糟的屋子，總是感覺現在這個陸之章和從前那個小章章有很大的差異，哎，看來自己身邊的所有人都在變，不管是吳三兒還是春兒，連這混吃等死、五穀雜糧都分不清的小章章都變了，這教本公子情何以堪？

下樓梯口的時候，恰好撞見了吳三兒上樓來。

吳三兒也是剛剛回到邃雅山房，聽到沈傲來了，忙不迭地上樓，一見沈傲，頓時喜逐顏開地道：「沈大哥有些日子沒來了。」

兩個人相處久了，已經培養出了默契，只需一個頷首，一個笑容，便可看出許多事，沈傲呵呵一笑：「三兒，店鋪的事已經談成了？」

吳三兒眉開眼笑地道：「談成了，這一個鋪面是在外城，外城販夫走卒多，人流量極大，若是開一家尋常的茶肆，供人歇歇腳，生意不會差的。這是我們邃雅山房第三家分店了，除此之外，印刷作坊我也打算擴大一些，除了向工匠訂購活字工具，還要招募不少人手，好在昨夜沈大哥將那些古玩送來，今日清早我已將它們賣了，一共是八千六百貫錢，明日買主就送錢來了。」

沈傲驚奇地道：「賣得這麼快？你不會是拿到當鋪去了吧？」

吳三兒訕訕一笑，搓著手道：「拿去當鋪能換來幾個錢？沈大哥莫忘了，我們這邃雅山房裏，愛珍玩的雅士可是不少的，我把東西拿出來，買主就尋來了。」

沈傲這才想起，這邃雅山房裏，還有不少茶客等著他鑑定珍玩，這一忙，竟是把許多事都忘了。

沈傲笑呵呵地道：「這樣就好，早些換了錢，比什麼都強。」與吳三兒說了幾句話，天色漸晚，便留下來吃晚餐。

邃雅山房的晚餐吃得較遲，一直等到茶客們都走了，關門打烊，這上上下下幾十口人便將茶座擺成飯桌，連同廚子、侍女、小廝一起落座，倒有點後世吃大鍋飯的感覺。這一條，其實是沈傲提出來的，掌櫃和員工一起吃飯，能增進一些感情，增加凝聚力。

數了數人，發現所有人都來齊了，唯獨陸之章卻是遲遲不下來，春兒便笑道：「陸公子就是這樣的性子，我去給他送食盒去，他在屋子裏邊吃，能一邊想事。」春兒尋了幾樣小菜，添盛了米飯裝入食盒，便挎著食盒上樓去。

沈傲卻是板著臉，對吳三兒道：「這樣下去可不行，閉門造車，有個什麼用？要教他多出來走動走動。」隨即又道：「想個辦法，去招募一個能讀能寫的人，來給他打下手吧，一個人既是主筆又是編纂，也難爲了他。」

吳三兒應承下來，笑道：「早先我也有這個想法的，只是一時尋不到合適的人選，畢竟能讀能寫的，大多數也不稀罕這碗飯，價錢要高了，又不值當。」

沈傲笑道：「這種事有什麼值不值的，多花幾個錢也沒什麼大不了的。」

吳三兒點頭，低頭吃飯了。

春兒下了樓，沈傲教她坐在身側，眾目睽睽下，春兒略顯扭捏，卻終是落座了，眾人都是竊笑不止；沈傲臉皮厚，不怕人笑，春兒卻是窘得不行，這頓飯吃得頗有些心不在焉。

直到夜深，沈傲才想起回府去。

臨別時，沈傲問吳三兒，到了年關時怎麼過，吳三兒苦笑道：

「這邃雅山房裏，多數都是外鄉人，我們自己備些酒菜，熱鬧熱鬧，一夜也就過去了。」

說到這裏，眾人唏噓不已，每逢佳節倍思親，淪落異地，每到這個時刻，總是最難捱的。沈傲的思緒也飄到了另外一個時代，在那個時代裏，他雖然只是孤兒，可是仍有許多難以忘懷的人和難以忘記的事，嘆了口氣，道：

「多購些年貨，不要怕花錢，一年難得高興一次，要過得比別家好，過得比別家豐盛，只要是我們邃雅山房的人，往後都是親人兄妹，要相互扶持。」

眾人紛紛道：「沈公子說得對，到了這裏，我們都是親人。」更是有人眼淚都出來了，平時沈公子嘴尖舌滑的，怎麼今日卻說出這麼令人感動的話。

其實並不是沈傲的話感動，只是這句話恰合時宜罷了。

沈傲目光落在春兒身上，一雙眼眸深望著她，低聲道：「春兒，該歇的時候也要歇著，不要累壞了。」

「嗯。」在眾人面前，春兒忸怩地說不出話來，霧騰騰的眼眸兒抬起來，恰好遇到沈傲灼熱的眸子，一時恍惚。

「沈公子，快走吧，再不走又要宵禁了。」外頭的鄧龍提著一盞燈籠連聲催促。

沈傲笑了笑，留下一道背影，連同那燈籠的光芒，消失在夜幕之中。

寒冬臘月，又是一場大雪飄落下來，雪花不大，卻是紛紛揚揚地將視線也遮蔽住了，放眼望去，遠處的景致變得模糊起來。

沈傲穿上蓑衣，周恆和鄧龍各提著酒水、臘肉一道兒出門，往唐祭酒的府邸去，三人一深一淺地踩著積雪，在落寂的街道上說笑步行。

周恆今日倒是頗有興致，聽說鄧龍會刀法，便一路追問，鄧龍難得遇到一個吹牛的機會，自誇一番，將自己喻爲那行走江湖的獨行俠，替天行道，扶弱鋤強之類的添油加醋地說出來，引得周恆神往不已。

沈傲卻只是一路地笑，不揭破鄧龍的把戲，等到了唐府，沈傲才發現，這位唐大人所住的宅邸與他想像中的並不相同。

沒有雕梁畫棟，更沒有高牆閣宇，只是一處孤僻的小院落，院落裏臘梅盛開，花香四溢，雪花皚皚的堆積在籬笆上，霎是好看。

去叫了門，唐嚴穿著件襖子出來，第一眼看到沈傲，頓時大喜過望，一邊打開門，一邊故意埋怨：

「這樣的寒冬臘月，你們真是胡鬧，有這個心意就行了，何必要親自來，至不濟，打發個人來跑一趟，送一份名帖，老夫也就心滿意足了，若是凍著了身子，這書還怎麼讀？」

說是這樣說，可是那臉色卻是紅光滿面，顯是開心極了。

沈傲送上了酒水和臘肉，道：「唐大人，微薄小禮，還請笑納，這是學生的一番心意。」

周恆也連忙將禮物送上；這些禮物，都是尋常孝敬夫子的常備之物，唐嚴自是不客氣地收了，笑呵呵地道：「來，進內屋去坐，這裏冷得很，不要凍壞了身子。」

拉著沈傲和周恆進了東邊的廂房，卻是把鄧龍撂到了一邊，鄧龍無語，悻悻然地跟上去。

進了東廂房，這個屋子不大，應當是臥室，不過卻改成了一個小廳，廳中的飾物不多，倒是壁上懸掛的幾幅字畫引起了沈傲的興致，趁著唐嚴去煮茶的功夫，他負著手走到壁邊去看，臉上展露出一絲微笑，沈傲徐徐吟道：

「狂風飛捲白絮飛，晶瑩剔透冰凌花。雪壓枝頭映白雪，傲霜迎寒臘梅花。」

這首詩顯是唐嚴的手筆，詩寫得還不錯，不過嘛，以唐嚴的身分來說，這首詩只怕並不是上品佳作。

沈傲隨即一想，頓時明白了，唐嚴懸掛的不是詩，而是他的心境，臘梅以潔著稱，唐大人自喻為臘梅，便是擺明他的人生態度，想不到平時那與太學爭鬥起來戰鬥力爆滿的唐大人，竟是個兩袖清風的高雅之士，倒是令沈傲小看了他。

周恆湊過來，見沈傲目不轉睛的盯著這幅行書，忍不住問：「表哥，這詩有什麼好看的？」說著，突然又頓住了，換上一副神神秘秘的樣子道：

「噓，你聽，那是什麼聲音？哇，莫非是唐師母嗎？」

沈傲細聽，果真傳出一陣吵鬧聲，而且是由隔壁廂房傳出的，那聲音略帶嘶啞，卻滿腹都是埋怨，具體說些什麼，倒是聽不清楚了。

過不多時，唐嚴提著一壺暖酒過來，面帶尷尬之色，叫眾人坐下，道：

「內人正溫些下酒菜，大家不必拘謹，這裏不是國子監，喝喝酒暖暖身子，順道兒陪老夫說些閒話。」

沈傲、周恆落座，鄧龍倒是不湊這個趣，抱著手道：「我出去賞賞雪。」

鄧龍說著便旋身出去了；這種場合，確實不適合這傢伙，是以沈傲也不阻攔。

各自斟了酒，此刻的唐嚴比之在國子監更加和顏悅色，臉上帶著若現的笑意，當先道：「老夫這裏別的沒有，酒水卻是管飽的，哈哈……」他捋鬚暢笑：「就是開間酒肆也足夠了，儘管喝，不需客氣。」

沈傲呵呵一笑，喝了杯酒，肚中湧出一股熱流，便聽唐嚴道：

「你們在假日可曾讀書嗎？」

這句話問出，沈傲倒是面色如常，道：「偶爾看一些。」而周恆則略顯尷尬，支支唔唔地連酒都喝不下去了。

唐嚴興致勃勃：「那好，老夫便考考你。」

這個你字，自然是對沈傲說的，爲師者若說不偏心，那是斷不可能的，遇到周恆這樣的朽木，難道還要他們日日督促？讀書，畢竟不是用棍棒打出來的；反而那些肯讀書，有天分的學生，自然而然地受人器重，這是人之常理。

沈傲正色道：「唐大人請指教。」

這小廳靠著內屋，中間只隔了一條布簾兒，那布簾兒微微顫抖，隱隱有呼吸聲傳出。

沈傲的觀察最精細不過，心裏不由地想：「這布簾背後，莫非有人偷聽？」隨即一想，也即哂然，管他這布簾後是什麼人，和自己有什麼干係？

唐嚴沉吟片刻，道：「志士仁人，這道題如何破解？」

沈傲微微一笑，這一句話出自《論語衛靈公》：「志士仁人，無求生以害仁，有殺身以成仁。」意思是說，志士仁人沒有爲乞求苟全生命而損害仁德的，只有犧牲自己的生命來實現仁道。

這道題十分淺顯，是唐嚴用來試探用的，經義破題，其實既要考驗人的才學，只有讀通了四書五經，才能知道題目的出處和釋義；其次，經義更考驗的是人的敏捷能力，須知每一場考試，時間有限，因而迅速破題才是至關緊要，一旦陷入踟躕，等到想到破題方法時，時間已經到了，縱然你是學富五車，破題、承題如何精妙，最終也只能遺恨出局。

沈傲略略一想，便微微笑道：「聖人於心之有主者，而決其心德之能全焉。唐大人，用這句破題可以嗎？」

唐嚴撫鬚一笑，連聲道：「好，這個破題倒是巧妙，你能這麼快破題，已是很難得了。」便不再問承題了，但凡能破題，那麼一篇文章就等於完成了一半，因而又笑道：「老夫再考校你，君子疾沒世而名不稱焉，如何破題？」

沈傲略略思索，便想到了出處，這句話也是出自《論語衛靈公》，意思是「君子的遺恨是到死而名聲不被人稱頌。」

這句話出現在論語，倒是頗讓人不解，那豈不是說人不出名，終生遺憾了嗎？所謂人生在世，「名利」二字；一個「名」字，白了多少少年頭，流了多少英雄淚，可是這種話卻是只可意會不可言傳的，一旦說出來，就令人難堪了。

老冉冉其將至兮，恐修名之不立，這是三閭大夫屈原的恐慌。「十年寒窗無人問，一舉成名天下聞。」其實這句話，恰是說透了後世儒生的心事，不過此話雖然切中了人心，可是願意將它念出來的卻是不多，念出了這句話，豈不是說自己沽名釣譽？爲名利而求取學問？

因此，這個題目是最難破的，要將一句讓人難以啓齒的話編圓了，而且還要花團錦簇，要爲這句話辯護，其難度可想而知。

沈傲微微一愕，沉吟道：

「令聞廣譽施於身，所以不願人之文繡也。唐大人，這樣破題如何？」

唐嚴一時愕然，隨即忍不住擊節叫好：「好一個令聞廣譽施於身，只這一句，若是在考場，必可鶴立雞群。」

這道題最難破的地方在於難以啓齒，破題總不能以名利兩個字來做文章，須知任何時代的儒者，不管心中有多清明或是齷齪，都是最嫉恨「名利」二字的。因此，許多人若是做起這個題目，唯一的辦法就是曲解它的意思，可是意思一旦曲解，就有詞不達意之嫌了。

可是沈傲答的這一句卻是巧妙之極，破題並沒有曲解題意，反而是承認了這個君子重名這個觀點，可是話鋒一轉，卻說儒學並非不重名，並非不喜歡「令廣譽施於身」，而只是反對聲聞過情，沽名釣譽，欺世盜名罷了。

這句話既捍衛了儒學的曲解，同時又暗合了孟子所提出的「君子疾沒世而名不稱焉」，如此破題之法，能在轉瞬之間答出，可見沈傲的才思何其敏捷了。也難怪唐嚴能夠擊節叫好。

其實沈傲的思維能如此迅速，不過是見識比人多幾分而已，閉門造車的是腐儒，縱然讀再多的書，反而更容易鑽牛角尖。可是沈傲兩世爲人，在後世那個知識大爆炸的時代，什麼樣的觀點沒有聽說過，只略略一思索，要想破一個謎題也不是很難的事。

沈傲微微一笑，連忙道：「大人過譽。」

唐嚴正要說話，那廳後的布簾突然掀開，卻是走出一個人來。

沈傲側目一看，才發現不知什麼時候，突然出現了一個少女，少女穿著一件素色衣裙，清澈明亮的瞳孔帶著羞怯，向沈傲這邊望來，彎彎的柳眉，長長的睫毛微微地顫動著；白皙無瑕的皮膚透出淡淡紅粉，薄薄的雙唇如玫瑰花瓣嬌嫩欲滴，低聲啓齒道：

「公子那一句『今聞廣譽施於身』確是高明，不過，小女子卻也有破題之法，請公子不要見笑。」

原來是來砸場子的。沈傲淡淡一笑，這些日子，美女見得多了，倒是不以爲意，見這少女躍躍欲試的樣子，心裏想笑，莫非這少女也會做經義？這倒是好極了，且聽她如何破題。

唐嚴略顯尷尬之色，低呼道：「茉兒，不要胡鬧。」

叫茉兒的少女笑著看向唐嚴，雖有幾分羞澀，卻並不畏懼唐嚴，道：

「爹爹，女兒只是想和沈公子比一比罷了。」

沈傲心裏爲唐嚴叫屈，唐大人在國子監管著上千個監生，怎麼到了家裏，卻是灰頭土臉，方才聽隔壁廂房裏，那唐師母對他大呼小叫，在女兒面前似乎連威信也不太足，悲劇，太淒慘了。

沈傲吟吟笑道：「請姑娘破題吧。」

茉兒頷首點頭，隨即下頷微微抬起，卻是顯出幾分曲高和寡之意，平添了些許高傲，低聲道：

「若是茉兒，茉兒便先以『無後世之名，聖人之所憂也』這一句來破題，至於承題，茉兒也已經想好了：夫一時之名，不必有也；後世之名，不可無也。故君子不求名，而又不得不疾乎此。」

她呢喃念出，煞是好聽，瞥了沈傲一眼，道：「沈公子以爲如何？」

「無後世之名，聖人之所憂也」這句話是說，沒有後世的名聲是聖人憂慮的事，這一句乍然一聽，恰是切合了題意，是說連聖人都追求名聲。

這個破題，雖然契合了題意，卻令人不爽。這樣的破題，只怕聽到的，都忍不住要搖頭；妙就妙在她的承題，那一句「故君子不求名，而又不得不疾乎此」這一句爲破題做了解釋，而且解釋的十分精妙，君子並不刻意的去求取名望，可是生在俗世，卻又不得不落入這俗套之中。雖有強辯之詞，道路卻說得通了。

其實這和沈傲方才的破題有異曲同工之妙。只不過沈傲將這個道理放在了破題，而茉兒卻是將這個解釋放在了承題罷了。

沈傲沉吟片刻，便忍不住擊節叫好，就是略顯尷尬的唐嚴，也忍不住意動，連連頷首道：「好，這一句也是絕好。」

唯有周恆，卻是聽得似懂非懂，百無聊賴地喝了杯酒，也是隨著眾人叫起好來，反正表哥和唐大人都說了好，哪裡有不好的道理：

「好，好得很，茉兒姑娘這一句石破天驚，盪氣迴腸，一語驚醒夢中人，小生佩服，佩服之極。」

茉兒悵然道：「經義作得再好，又有什麼用，沈公子是大才，將來能學以致用，可惜茉兒空有一肚子的墨水，卻終是要爛在肚子裏的。」

她不知自己爲什麼會不經意地說出這番話來，只是覺得方才大家的叫好令她酸楚，這梗在喉頭的話不吐不快。

沈傲一聽，頓時明白了，這位茉兒姑娘是恨自己是女兒身，哎，在這個時代，女人的忌諱確實有點多，這樣的大才女，若是放到考場裏去，中試不過是輕而易舉的事，偏偏因爲是個女人，一輩子只能與香閨爲伴了。

香閨？這唐家哪裡有香閨，家徒四壁才對啊。

哎，這就更慘了，唐大人連弄錢都不會，守著這個清貧之家，連女兒都跟著遭罪，所以說，做人千萬莫學這唐嚴，雖然爲人稱道，可惜對於他自己，對於他的妻子兒女來說，卻是慘了。

儒家時常說：齊家治國平天下，又說要兩袖清風、奉公守法，這句話在沈傲看來，卻是最矛盾諷刺的事，齊家該怎麼齊？做了官賺不來錢，家人嗷嗷待哺，這也叫齊家？可是要做到兩袖清風，卻更難，兩袖清風就意味著沒錢，沒錢還齊個屁家；所以說來說去，唐嚴唐大人，他佩服，卻不認同，與其去做海瑞，不如做個張居正，這才是士林的典範。

看著眼前這個心高氣傲的才女，沈傲微微一笑，在這個時代，他所見的女子性格各異，心氣兒高不是沒有，可是志向似這位茉兒小姐這樣的，卻是一個都不曾見。

在這個時代，女子無才便是德，女人做些詩詞調劑倒沒什麼說的，可是卻愛好經義文章，就有點兒怪異了。

也難怪這唐才女生出惆悵感慨，像她這樣的人，其實是最痛苦的，自憐其才，卻是一輩子都不能像男人一樣施展才學，所面對的，只有青閣梳台，誰又是知音？

想了想，沈傲道：「茉兒小姐方才那句話卻是錯了。」

茉兒回過神，俏臉上還殘留著些許惆悵，低聲問道：「請沈公子示下，茉兒哪裡錯了？」她語帶溫柔，卻又含著一絲剛硬。

沈傲徐徐道：「我要問，茉兒小姐破題、承題，熟讀四書五經，背誦詩經史綱，爲的是什麼？」

這一問，倒是令茉兒語塞，眼眸中閃出些許疑惑，爲的是什麼？這句話問得好。

沈傲看著茉兒的反應，心中已是了然，臉上卻是帶著隨和的笑容問道：

「茉兒小姐莫非是想學令尊，金榜題名，登上那天子堂嗎？」

茉兒聽罷，懊惱地挑起了俏眉，眼中閃過幾分不甘，咬了咬唇，道：

「爲什麼女子就不能如此，這才是茉兒最大惑不解的地方。若是茉兒去應科舉，就是金榜題名也不是難事。」

沈傲繼續笑道：「那麼金榜題名之後，茉兒姑娘又要做什麼？」

茉兒一時又愣住了，心中又升起了疑惑，金榜題名之後的事？她哪裡想過？便是語塞了。

不等茉兒答話，沈傲嘆氣道：

「你看看令尊，也是金榜題名，卻又如何？」

這一句話說得唐嚴老臉一紅，咳嗽一聲，帶著些尷尬地道：

「沈傲……」

「啊……」沈傲一時無語，居然只顧著和唐小姐說話，卻是疏忽了唐大人，咳咳，連忙笑呵呵地道：「唐大人桃李滿天下嘛，學生絕沒有拿唐大人做反面教材的意思。」

反面教材這四個字，唐嚴聽不懂，不過見沈傲認錯，也只好裝聾作啞就此揭過了。

沈傲繼續對茉兒道：

「所以說，讀書，並非只是爲了科舉，更不是要拿出去顯耀，讀了書，明白了世間萬物的道理，就已經很知足了，卻爲什麼一定要學以致用呢？真是走上了仕途，無非有兩條路走，一條是像令尊這樣，兩袖清風，這倒也罷了。可是另一條路卻是更加艱難，你要學會在強權下低頭，要學會怎麼去做虧心事，去學會阿諛逢迎，難道這也是茉兒小姐心中隱隱期盼的嗎？」

沈傲的這一番話，說有道理卻也有那麼一點點，更多的卻是胡攪蠻纏，讓唐嚴驟然無語，這傢伙，很有當著和尙罵禿驢的嫌疑啊。

就這一會兒裏，茉兒在心中深深地思索了一番，卻是頗有感觸，微微一福道：

「謝公子指教，公子說得不錯，讀書便是讀書，只是茉兒想問，公子的志向是什麼呢？」

被茉兒一問，沈傲老臉通紅，這茉兒好奸詐啊，讀書讀多了，滿肚子都是壞水，方才自己教訓她讀書是爲了明志，現在她反詰自己，自己若是答是爲了明志，她下一句一定是「既然是明志，將來是不是不參加科舉了？」，可若是自己回答說是爲了做官，那等於是自己方才說的全部是廢話，自己一心要去做官，卻是大義凜然地教別人去明志，這個……這個……

若這是一個坑，那就是自己給自己挖的。

若換了別人，早就鑽進地縫了；沈傲卻偏偏理直氣壯地道：

「在下讀書，爲的自然是做官。」

茉兒眼眸中閃過一絲狡黠：

「噢？公子方才不是說讀書是爲了明志嗎？」

沈傲嘆氣：「我和你不同，你看，你現在有父母養著，等出了閣，還有丈夫照料，只需操持家務，這輩子就無憂無慮了。可是在下將來要娶妻生子，要維持一個家的生計，單憑讀書，能讀出這麼多錢來養家活口嗎？我是想明志而不可得，只好落入俗套去做官了。其實這個官，你當我想做嗎？我也不想做啊，可是形勢所迫，總不能教我將來的妻子和兒女，一道兒都去吃西北風吧？所以在下十分羨慕茉兒姑娘，茉兒有這樣的條件，能夠靜下心來好好讀書，可是在下，卻不得不貪戀這俗物，將這書本當作敲門磚頭，去做墊腳石。」

茉兒聽到沈傲左一口妻子，右一口兒女，俏臉兒一紅，微不可聞地哼了一聲，頗爲沈傲這種滿口大道理、肚子卻滿是男盜女娼不恥，呢喃道：

「照公子這樣說，倒是你寧願有個女兒身了？」

沈傲正色道：「男兒、女兒生而平等，只是分工不同罷了，各有各的苦楚，又何必要羨慕人家呢。」

茉兒微微一笑，只覺得沈傲的話看上去漏洞百出，可是一時也尋不到破綻，抿抿嘴道：

「沈公子一席話，令小女子茅塞頓開，下次再討教吧。」

說著，茉兒也不等其他人回應，便旋身回轉，移步向布簾走去，掀開布簾，將她那倩影遮在了布簾之後。

「哎……」唐嚴嘆了一口氣：「老夫這個女兒……」接著，警惕地向布簾瞅了瞅，謹慎地不再說了，似是怕被人聽見：「來，喝酒，喝酒吧。」

幾杯酒下肚，沈傲咂嘴道：「大人，時候不早了，我和表弟也該告辭了，年關將至，祝大人福泰安康。」

沈傲也不知這年頭有沒有拜年之說，不過說些吉利話總是不會錯的。

周恆也隨著站起來，這一坐，已有半個時辰，被晾到一邊的滋味不好受，卻也不好說什麼，便也道：「大人，學生走了。」

唐嚴要挽留，沈傲道：「待會兒還要去諸位博士家拜訪。」

唐嚴聽了這話，便將二人送出去，一面道：「這是該當的，總是留你們不住，有空暇就來坐坐，老夫在家裏也是無所事事。」

走到了院落，唐嚴低聲苦笑道：「沈傲啊，老夫這個女兒若是說錯了什麼話，你莫要見怪。」

沈傲回以一笑，正色道：「唐小姐人很好啊，既美麗又有才情，能和她多說幾句話，沈傲已是知足了，哪裡還敢見怪；這樣的奇女子，只怕天下也找不到第二個來。」

唐嚴唏噓道：「可惜是個女兒身啊，讀再多的書又有個什麼用？她年紀已是不小了，作媒的也踏破了門檻，可是……哎，她的心氣高，尋常的男子瞧不上，早知道這樣，就不該教她讀書了，還是古話說得好，女子無才便是德，老夫真是糊塗了。」

沈傲無語，不過這個時代，一個這樣的女子卻是另類。他終於明白女子無才便是德的道理了，女兒家書讀得多了，自然而然的，志氣也高了，尋常的男子又哪裡放在眼裏，就算她肯，人家將她娶了去，學問比丈夫還高，這做丈夫的，難免吃不消。

看來女人有時候還是笨點好，幾個男人站在雪堆裏唏噓一番，大發感慨。

唐嚴苦笑道：「哎，茉兒年齡已快雙十了，再不尋一門親事，這一耽誤下去，還有誰敢娶？老夫如今就擔心兩件事，一件是國子監，一件就是茉兒。」

雙十？二十歲不到，這也算老姑娘？唐大人，你有沒有考慮過本公子？

沈傲心裏發出吶喊，臉上差點兒要忍俊不禁了，卻是很認真地道：

「茉兒小姐如此聰慧，一定會尋到一門好親事的。」

與唐嚴告別，隨即又去了秦博士等諸位博士家裏拜謁，這一通串門下來，回到周府時已是夜半三更，三人穿著的蓑衣堆了厚厚的積雪，抖一下，便撲簌簌的落下雪片來，一個夜晚，總算在疲乏中過去。

第七七章
橙黃橘綠圖

雖然在這幅《橙黃橘綠圖》裏，

趙令穰直接用色點葉、畫橘，筆線不夠精準，但是畫中隱約的柔美，令人悠然神往。

乍一看去，卻如身臨橘林之中，遠處的溪流淙淙流動，那曠達的意境，教人心曠神怡。

宣和四年的最後一個寒冬日，霧氣騰騰中，整個周府已是忙活起來，張貼彩燈、分放蔬果，最忙的只怕就屬劉文了，今日是劉文升任內府主事的第一個年關，自然要賣力一些，指東喝西的一陣忙亂，竟是差點兒忘了給小姐、表少爺送早點了，拍拍額頭，大叫該死。

表少爺倒也罷了，他的性子好，這種小事自是不會和人計較的，可是小姐的性子，劉文卻拿捏不準，連忙叫人送了去，自己親自帶著糕點，往沈傲的住處去。

這一來，卻是撲了個空，屋子裏似是沒人，反正叫了許久也見不到表少爺的身影，好好的年關，表少爺一大清早就出了門？恰好幾個丫頭路過，劉文擺出主事的架子，負著手招她們過來，問：

「誰見了表少爺？」

幾個丫頭自是不怕這主事的，有幾個還是伺候夫人、小姐的，地位自是不同，便笑作一團道：

「表少爺啊？方才我在後園裏見他採了幾朵臘梅花，急匆匆地走了，對了，那大塊頭也跟著去了。」

「大塊頭？」劉文滿是疑惑：「什麼大塊頭？」

「自是那個遊手好閒的虞侯，哼，成日就知道調戲咱們這些做丫頭的，還說要讓我們瞧他的寶貝……」幾個丫頭俏臉通紅，忍不住啐了一口。

劉文無語，只好道：「你們去吧。」心裏不由地在想著：這表少爺還沒吃早點呢，哎，年輕人就是這樣，真是教人操心。

沈傲騎著馬，迎著風雪卻是大清早趕到了蒔花館，望著這蒔花館連片的建築，想到自己已有一半的股份，心中大是暢快，不過今天，他卻不是爲了這個來的。

將馬兒拴在道旁的枯樹下，鄧龍也跟過來，笑呵呵地道：

「沈公子，到了年關你也不消停，這會不會有點不好啊，要不，我們換個時候再來吧？」

蒔花館今日閉了門，沈傲敲了敲，裏頭有人心不在焉地道：「去，去，去，今日不做生意。」

服務態度太惡劣了，沈傲抹了臉上的一把霧水，滴滴答答的，一絲絲冰涼沿著臉頰滑下來，朝著那二樓的勾欄吼道：

「蓁蓁，蓁蓁在不在？」

「哇，沈公子果然與眾不同，連逛蒔花館都和別人不一樣。」鄧龍心裏感嘆，連忙不由自主地離他遠一點，省得毀了自己的一世英名。

那二樓的勾欄裏探出一個個頭來，卻都是慵懶的美人，有人呵斥道：「大清早的還教不教本小姐睡覺了？喂喂，是誰在叫？富榮，去把人趕走。」

還有人卻是竊竊地笑：「小哥，你找歡歡還是葉兒？奴家叫樞樞，你叫一聲樞樞姐姐，我便叫富榮去給你開門。」

沈傲無語，被人調戲了，本公子是不是該臉紅一下，裝一裝純潔？哎，還是算了。笑吟吟地對著那美人兒道：「樞樞姐姐……」

樞樞原只是和沈傲調笑，見他真的叫了，還叫得這樣甜絲絲的，頓時笑得花枝招展：「哪裡來的公子，臉皮真厚，好罷，我叫人給你開門。」

不多時，那蒔花館深紅的大門悄悄開了一條縫隙，一個老漢露出眼睛往外瞄了瞄，虎著臉道：「公子，今日蒔花館的姑娘是不見客的，就是往日，她們若是沒有興致，也不見得見你。」

沈傲呵呵笑道：「我又不是客，我是你們的新東家，呀，楊公公沒有和你們說嗎？」

那老漢一時愕然，隨即反應過來，問道：

「你便是沈傲沈公子？」

沈傲咳嗽一聲，道：「一般人都叫我沈大才子的，不過嘛，算了，我不計較，快讓我進去，蓁蓁小姐在不在？」

這老漢眼眸兒一亮，笑嘻嘻地道：

「在，在……原來是沈公子，爲何不早點說，楊公公前幾日來過，特意提起過你，快，外頭天冷，進來說話。」

進了蒔花館，沈傲上下逡巡，咦，怎麼二樓探出這麼多個腦袋，美女們笑得很意味深長啊，只是看了一圈下來，卻唯獨沒有瞧見蓁蓁。

他微笑著徑直上樓，便有許多人調笑：

「噢，原來這就是沈公子，沈公子這大清早來，攪了不知多少姐妹的清夢呢，咦，你手裏拿的是什麼？」

沈傲呵呵笑道：「臘梅花，姐姐，要不要？」

那人立即旋身擋開：「奴家哪裡敢要，受用不起呢。」

就知道她不敢要，他才那樣問的啊。

沈傲故意遺憾地搖搖頭，哀嘆連連，腳步卻不敢停，深怕陷入這紅粉陣中。

蓁蓁的廂房他是記得的，到了門口，舉手拍門。

門吱呀一聲打開，沈傲熱情似火，正要給對方一個擁抱。

這一抱，卻發現感覺不太對勁，懷裏的人有點兒生澀，尤其是那對雙胸，怎麼感覺像牛屎？乍眼一看，沈傲一時呆住了，抱錯了人，本公子的純潔就這樣被人糟踐了，摟在懷裏的，卻是那個環兒。

環兒又羞又急，眼睛瞪著沈傲，嘴唇哆嗦，那胸部此起彼伏，好在她的胸部並沒有多少觀賞性，否則沈傲非得失態不可。

「你……你……你……」環兒要哭了，她抬眸一看，沈傲的身後，卻是呼啦啦的擠來了一堆人，頓時紅著臉垂頭，如受驚的貓一般彈跳開。

「抱歉，抱歉，技術性失誤。」沈傲訕訕一笑，臉上帶著真誠的歉意，雖然自己不是故意的，但怎麼說也是自己錯的。

對環兒連說了多句對不起，眼睛才是穿過環兒，正看到蓁蓁忍俊不禁地在環兒的身後。

蓁蓁今日穿了件淡綠的長裙，滿臉都是溫柔，只見她抿著嘴，笑吟吟地斜眼瞅著自己，似笑非笑的樣兒，卻又讓人捕捉到幾分嘲弄之色，更增俏媚。

「好了，好了，看戲的時間結束。」等環兒如老鼠見了貓一樣羞紅著臉出去，沈傲立即將人攔出去，合上門，身子一轉，卻看到蓁蓁已經距離不過一尺了，鼻尖之間，一股隱隱約約的水仙香氣盤繞不散，沈傲溫柔地笑著道：

「蓁蓁，你今日怎麼這麼漂亮？竟非知道我今日會來？」

這一句話，自是爲了轉移她注意力的。

蓁蓁恬然一笑，卻是問：「沈公子抱著環兒，作何感想？」

看來這一關是逃不過了，沈傲保持著從容的笑，心裏卻很是爲難，若是講實話，說抱著環兒就像抱著牛屎一樣，對環兒的打擊太大，人家只是小女孩，還沒有發育而已；可是若說感覺好極了，只怕會過不了關。

他一點踟躕都沒有，連忙道：「比起蓁蓁，環兒就像牛屎一樣，一點感覺都沒有。」

汗，真真假假，假假真真，就是環兒聽了，想必也不會介意吧；雖說這個丫頭有點兒招人煩，打擊一個小姑娘，卻不是沈傲作風。

蓁蓁淡淡一笑。

這個時候，沈傲不能再讓她追問了，雙手一拱，握著一束臘梅花兒出來，道：

「這臘梅花兒比起蓁蓁來自是相形見絀，可是見了它，我便如見了你一樣，這花兒是我特意摘來送你的。」

蓁蓁眼眸裏露出一絲欣喜，卻是道：「就你最會說話，只怕是隨手摘來哄奴家開心的吧。」雙手去接那臘梅，觸及到沈傲的手，頓時感覺到那手上的冰冷，隨即念及沈傲大清早不顧這霜雪趕來送花，眼眶兒便有些紅了，呢喃道：

「平時不見你來，倒是在年關這樣的天裏跑來，到屋裏去坐吧，我給你拿暖爐。」

沈傲嘆了口氣：「賢妃娘娘不知什麼時候到府上去，這一趟，還是我匆匆趕來的，到時候只怕還要去迎客，坐就不必了，只是想來看看你。」

蓁蓁聞言，心更軟了，捂著沈傲冰冷的手，怯生生地道：

「你大老遠的冒著風雪來，只是爲了打個來回？這花兒很好看，我很喜歡，看了這花兒，這個年關，奴家就開心多了，在往年，蓁蓁每到這個時候，總是在想，一家團圓時，蓁蓁的家人在哪裡？蓁蓁沒有家，只是一件商品，看似高不可攀，可是在別人心裏，卻仍是有價的，世人惦記著蓁蓁的，只是蓁蓁的美貌，可是誰會想到在這喧鬧的節慶裏，蓁蓁在想什麼，沈公子……」

她抬起眸，眼眸中淚光點點，一行清淚滑落下來：「沈公子要的，也是蓁蓁的美貌嗎？」

沈傲微笑著，捧住她的臉頰，拇指去揩拭那熱呼呼的淚水，那黏黏的，帶著餘溫的液體順著沈傲的指尖滑落，低聲道：

「是，我從前要的，也是蓁蓁的美貌。」

看著蓁蓁眼中飛快地閃過一絲難過的目光，沈傲立馬沉聲道：

「可是我現在，只要蓁蓁永遠快樂下去，不再是形影單只，不會再受孤獨落寂。」

他這番話，似是很有感染力，而沈傲低聲附在她耳邊繼續道：

「所以我要賺很多很多的錢，將你像金絲雀一樣圈養起來，不讓別人再看你一眼，讓你不再去接觸這世俗的污濁。將來我還要中科舉，去做官，就能有更多的能力永遠保護你。」

哎，本公子學壞了，再這樣下去，沈傲將不再是沈傲啊。

可是這些話，都是他的真心話。心裏微微感嘆，攬住纖細的腰肢，二人不再說話，只是相互融化，這間廂房，就成了他們的世界。

溫熱浸濕了沈傲的衣襟，沈傲最見不得人哭，尤其是女人，可是這一刻，他卻希望蓁蓁能放聲哭出來，將所有的委屈化作清淚驅除出來。

「蓁蓁，我想唱曲兒……」沈傲心念一動，身體不再寒冷，感受著蓁蓁身上的熱度，突然興致勃勃起來。

「不許唱！」蓁蓁擦乾淚珠，嗔怒地望了他一眼，這個人就算是正正經經，也只是片刻時間，誰知道下一刻，他要唱什麼淫詞，讓整個蒔花館都聽見。

沈傲呵呵一笑，道：「既然蓁蓁不許我唱，那就請蓁蓁小姐獻唱一曲如何？」

原來這才是沈傲的目的，蓁蓁撲哧一笑，自他懷中掙脫出來，道：

「你要聽什麼曲兒？」

「這可是你問的。」沈傲露出壞笑。

蓁蓁面色一紅：「除了那見不得人的曲兒，蓁蓁什麼都願意爲你唱。」

她捂著沈傲的手，猶自沒有放下，這隻手仍然有些冰涼，也正是這隻手，在一個時辰之前，在漫天的風雪中，在霜露之中，去採摘那接了冰稜的臘梅花，手上的冰冷，讓蓁蓁感同深受。

沈傲沉吟片刻，道：「就唱那一首《羅江怨》吧，這首詞兒從蓁蓁口裏唱出來，總是別有一番滋味。」

蓁蓁赧澀一笑，頷首點頭，低聲吟唱道：

「臨行時扯著衣衫，問冤家幾時回還？要回只待桃花、桃花綻。一杯酒遞於心肝，雙膝兒跪在眼前，臨行囑咐、囑咐千遍：逢橋時須下雕鞍，過渡時切莫爭先……」

聲音淒婉動聽，蓁蓁不由自主地爲沈傲捋平被露水打濕的衣衫，撲掉不知什麼時候沾在身上的雪跡，像極了一個賢淑的妻子。

沈傲嘆了口氣，漸漸鬆開蓁蓁的手，時間短促，匆匆一面，卻恨不能時光永遠停頓，可是想起許多雜務，又忍不住苦笑。

曲聲之中，沈傲咬了咬牙，旋過身去，低聲道：「過了年，我會再來看你的。」打開門，那曲聲戛然而止，不敢回眸，匆匆走了。

自蒔花館出來，鄧龍送來蓑衣，笑呵呵地道：「沈公子，蒔花館裏的姑娘如何？」沈傲不說話，去樹下解開馬繩子，翻身上去，臉色冷淡道：「回去吧，這賢妃娘娘一來，還不知會發生什麼事呢。」

鄧龍也是善於察言觀色的，見沈傲臉色有些不好，便不再說話了，點了點頭，也翻身上了自己的馬，踏雪而去。

回到周府，這邊已經準備妥當了，燈彩高懸，一應的禮節都做好了準備，就是中門，也教人重新漆了一遍，那門前的一對漢白玉獅子，亦是擦拭的發亮，無奈雪絮飄落，終又將它埋入皚皚白雪中。

到了門口，卻是信任的外府主事童大年在這裏左右張望，見到沈傲與鄧龍遠遠過來，大喜過望，興高采烈地道：「表少爺，表少爺……這一大清早的去哪兒了？公爺和夫人等得急了，說有事要吩咐你，快，快進去。」

沈傲落了馬，將馬兒直接交給童大年，笑呵呵地道：「有勞童主事了。」

踩著雪，嘎吱嘎吱地進了府，等到了正廳，果然看見國公和夫人二人穿著朝服誥命裝束，正襟危坐，臉上既有期許，又有緊張，見是沈傲來了，夫人招招手，道：「坐下說話。」

沈傲依言坐下，夫人道：「方才宮裏已經傳來了口信，說是鳳駕午時就到，賢妃娘娘特意叫人來問，沈傲在不在？」

「問我？」

沈傲一時愕然，這倒是奇了，按理說，這賢妃是國公的嫡親妹妹啊，不問自己的親兄弟，問自己一個外姓做什麼？自個兒的名號雖然響亮，也不至於連宮裏都知道吧。不得了，不得了，本公子已經不是一般人了，嗯，這個時候還是要矜持一些，不要露了行跡；臉色無比正經地向夫人問道：

「姨母，甥兒只是個小書生，賢妃娘娘問甥兒做什麼？」

夫人溫柔地笑道：「我也不好追問，反正等鳳駕來了，你到我身邊站著，到時候好回話。對了，不是吩咐你備好一份禮物嗎？到時候得送過去的，你準備好了嗎？」

沈傲頷首點頭：「都準備好了，出不了差錯的。」

文景閣裏，楊戩小心翼翼地搬來暖爐，越是在年關，他就脫不開身。

這幾日官家心情不好，連帶著宮裏頭也冷清了；楊戩更是伺候得小心翼翼，不敢有絲毫怠慢。

小心放下暖爐，躡手躡腳地站到了一邊，在御案前，四個素衣老者盤膝而坐，與趙佶遙遙相對。

楊戩被人稱之爲內相，不管是宮廷、宮外，所有人見了他，都得畢恭畢敬地行個禮，規規矩矩地叫一聲公公，可是在這四個素衣老者面前，楊戩卻顯得矮了一頭，斷不敢在他們面前放肆。

宋朝畫藝之盛況過於唐朝，而帝室獎勵畫藝，優遇畫家，亦無有及宋朝者。南唐李後主既已設畫院，以待詔、祗候之官優待畫人。及至宋朝，更擴張其規模，設翰林圖畫院，集天下之畫人，因其才藝而授以待詔、祗候、藝學、畫學正、學生、供奉等官秩，常令畫紈扇進獻，優秀者令他們繪畫宮殿寺觀。

到趙佶登基之後，由於趙佶酷愛藝術，尤好作畫，而恰在徽宗初年，由於四方無事，內庫充盈，更是對翰林書畫院給予了最大的優渥。

在徽宗之前，雖然優秀的畫師可以當官，授以待詔、祗候、學正之職，可是只可穿戴緋紫卻不能戴佩魚，以示畫師官員與科舉官員的區分；等到趙佶登基，趙佶很快就廢除了這個制度，允許書畫院官職佩戴佩魚，以彰顯他們的顯赫地位。

而在書畫院中，又分爲畫院、書院、琴棋院，其中書院、畫院最受趙佶的器重，每隔月餘，趙佶總會令畫院官員進宮晉見；須知這官員不管顯赫與否，重在能否得見天顏，就是那些封疆大吏，雖說位高權重，可是幾年不能面聖，見了那些官家身前伺候的內侍宦官，也只有笑臉相迎的份。

畫院得此殊榮，自然而然地有一種超然地位，兩府三司的大員們見了，也絕不敢輕易得罪。

在座的幾個畫師，其中尤以一緋衣老人最爲尊貴，此人名叫趙令穰，乃是太祖五世孫，身爲宗室，與趙佶二人都愛書畫，因而關係極爲密切，有時各州送來了時鮮瓜果，趙佶眉頭一皺，便會問左右：「穰哥兒那邊送去了嗎？」

穰哥兒乃是趙令穰的小名，雖趙佶與趙令穰都已逐漸年邁，卻一直稱呼至今。若是內侍回答：「已教人飛馬送去榮郡公府上。」則趙佶大喜，便會興致盎然的品嘗瓜果；可若是有人說還未送去，趙佶便嘆口氣：「叫人飛馬送去，莫要耽誤了。」

如此聖眷，在宗室之中也是極罕見的。不但二人關係緊密，更令趙佶佩服的，卻是趙令穰的畫技，不過，今日趙令穰會同諸位畫院待詔、學生前來，眉宇卻是深深凝起，神情似有恍惚。

趙佶微笑著，將目光落在眾人身上，抬起下顎道：

「穰哥兒，朕送去的畫，你已看了嗎？」

趙令穰回過神，畢恭畢敬地道：「回稟陛下，已經看了。」

趙佶撫案道：「如何？」

趙令穰苦笑道：「畫風曠達，畫筆精湛，臣不如也。」

趙佶卻不以爲然地搖搖頭：「是朕不如，穰哥兒的畫技與他在仲伯之間，今日朕召你們來，便是來搬救兵的，朕畫了一輩子的畫，卻輸在一個不知名的畫師手裏，實在令人心灰意冷，哎……」嘆了口氣，面帶凝重地道：「有眾卿家在，朕可無憂了，諸位卿家近來可有畫作嗎？拿給朕看看。」

趙令穰道：「微臣倒是有了一幅新作，請陛下過目。」

說話之間，給了楊戩一個眼色，楊戩領首點頭，轉身出去，過不多時，便捧了一方畫來，小心翼翼地在御案前展開，笑呵呵地道：

「榮郡公的畫，陛下是最喜歡的，陛下這幾日心神不寧，看了榮郡公的畫，說不準就爽朗了。今日是年關，就是尋常百姓家，那也是拋棄一切煩惱，好好過了這個年，更莫說陛下九五之尊，縱是有天大的事，那也得等過了年關再說。」

他趁著這個機會，說了一通討喜的話，就是想借著趙令穰，逗官家舒展眉頭。

趙佶果然笑了起來，故作嗔怒道：「你這奴才，叫你拿畫便拿畫，哪裡有這麼多話說。」

趙令穰趁機道：「陛下，楊公公說的也不是沒有道理，家事國事，自然是該操心的，可是陛下也要注意身體。」

趙佶頷首點頭道：「穰哥兒的話，朕記得了就是。」便落目去看案上的畫。

這幅畫叫《橙黃橘綠圖》，圖中所畫的是入秋的江南，暑氣消盡，寒冬未至，正是一年當中最清爽宜人的時節。潺潺溪流，輕巧蜿蜒地劃過霧色蒼茫的平野；兩岸橘樹遍植成林，一粒粒芬芳的黃果、綠實，像是地上的點點繁星，空氣裏瀰漫著微潤的甘甜，吸引三三兩兩的水鳥，自在地悠遊在汀渚之間。一幅幽靜、迷濛的景境。

「好個入秋江南，好一個橘林。」趙佶忍不住拍案叫好，眉飛色舞地道：「穰哥兒善畫江湖小景，畫風優雅而清麗。這幅《橙黃橘綠圖》堪稱神作，比之那畫師不遑多讓。」

雖然在這幅《橙黃橘綠圖》裏，趙令穰直接用色點葉、畫橘，筆線不夠精準，但是畫中隱約的柔美，令人悠然神往。乍一看去，卻如身臨橘林之中，風聲吹拂橘葉沙沙作響，遠處的溪流淙淙流動，那曠達的意境，教人心曠神怡。

趙令穰笑道：「陛下謬讚。」

趙佶將畫收好，笑吟吟地道：「穰哥兒不必過謙。」說著，便抖擻精神，叫楊戩道：「把畫收好，裝裱起來，再教紫蘅把畫送過去，朕要看看，那畫師如何應對。」

楊戩立即收了畫，笑呵呵地道：「陛下，清河郡主現在被王爺禁了足，說是她拔了王妃種的花兒，教她往後再不許出去胡鬧了。」

趙令穰笑道：「咦，難怪這幾日都沒有在畫院見到她。」

趙佶笑道：「那就更應該傳旨去，教她去送畫。」

楊戩頷首點頭：「奴才這就去王府裏走一趟。」

趙佶又道：「賢妃動身去祈國公府了嗎？」

楊戩道：「鳳駕已經準備好了，賢妃連同康淑帝姬也都著了妝，就等陛下的恩旨了。」所謂帝姬，便是公主，不久前，朝廷仿照周代的「王姬」稱號，宣布一律稱「公主」為「帝姬」；因而坊間雖然仍以公主稱呼，可是在官方，卻已改稱為帝姬了。

趙佶頷首點頭，唏噓道：「她待在宮中已有十年，也難為了她，傳朕的口諭，叫她出宮吧，多置備些程儀，要隆重一些。」

楊戩應承下來，卻又突然想起什麼，笑著道：「陛下，安寧帝姬這幾日也吵著要和賢妃出宮，說是要和賢妃娘娘做個伴。」

說到這安寧帝姬，趙佶眉宇深皺，卻是嘆了口氣，失魂落魄地道：「她身子這樣孱弱，不好好歇著做什麼？」

趙令穰突然道：「陛下，安寧身子弱，怕是沒有多走動的緣故，偶爾出宮去看看，或許心緒開朗了，這病就好了幾分。」

趙佶苦笑，患得患失地道：「好吧，教人好生伺候著，莫讓她受了寒症。」

楊戩點了點頭，飛快去了。

第七八章
仙丹不一定是妙藥

沈傲無語，太監都改行去煉仙丹了，古來金丹大多都是禍害人的玩意，
不少人原來只是小病小痛，卻是吃了這些金丹後，
一開始倒是很快就能治癒，可是從此之後，這小病就慢慢的變成了大病，
最後一命嗚呼。

國公府裏，不斷有小廝來報：「鳳駕已經出宮了。」過了片刻又來報：「鳳駕已過了永安坊。」

這一路飛報，卻是將所有人的心都提起來，周正負著手，在正廳裏來回踱步，時而抬眸，卻是一片茫然，有時對夫人道：「儀禮和迎駕的東西都準備好了嗎？」

夫人頷首說是。

過了片刻又問：「待會去迎駕，是不是府上所有人都去，還是教一些人回避？我就怕唐突了賢妃。」

夫人便笑：「公爺，平時你不是頂有氣度的，今日是怎麼了？快坐下，喝口茶。」

周正呆呆地坐下，目光又是落在沈傲身上：「沈傲，我想起一件事來。」

沈傲心裏偷笑，這姨父平時一副泰山崩於前而色不變的模樣，今日卻如熱鍋上的螞蟻，可不輕易能看到，連忙道：「姨父請說。」

周正道：「懷娘的性子，我是最清楚不過的，待會兒她來了，一定不肯和我說話，夫人那邊肯定也說不上話；倒是方才宮裏傳出消息來問你，到時候，你這做外甥的，得好好地陪著，不要教她不安。」

沈傲想了想，也覺得有理，雖說這一次回來省親，有和好的意思，可是這一對兄妹的彆扭能鬧個十年，想必那賢妃娘娘必是一個不肯服輸的人，這樣的人，自是不願放下矜持去和胞兄說話的，就算心裏原諒了國公，語氣也一定很冷淡，反倒自己這個不尷不尬的身分，倒是極有可能會被叫去解悶。

哎，本公子真辛苦啊，這居中調節的重任，眼看是要落在自己身上了。

午時，守在外頭的家丁終於傳來消息，賢妃娘娘的鳳駕到了。

周正豁然起身，總算冷靜沉著下來，眼眸一掃，道：

「隨我出去迎駕。」

以周正為首，熙熙攘攘數十人出了廳堂，直奔中門，香案擺出，沐浴更衣的小廝在各主事的帶領下迎候多時，等那十幾人抬著的鳳輦徐徐到了門檻，周正高聲道：

「恭迎賢妃娘娘……」

鳳輦停下，一個內侍揚著拂塵徐徐過來，喝道：

「祈國公免禮，娘娘有言：祈國公是本宮嫡兄，本宮歸府省親，一切俗禮，不必鋪張。」

這本是迎駕的規矩，有點兒官方一貫口徑的意思，雖說要免禮，可是這禮卻是斷不能免的。

沈傲對這套禮儀深痛惡絕，一雙賊眼偷偷向鳳輦瞄去，咦，那帷幔紗帳中，怎麼也有人偷偷掀開一個角來往這邊看；而且細眼看去，可以看出露出來的，是一個散著柔髮的小女孩，這女孩兒可愛極了，小臉蛋凍得紅撲撲的，一雙大眼睛既好奇，又激動。

那女孩兒張望了一會，卻是將目光落在沈傲身上，皺了皺眉，顯然覺得這人真是大膽，別人都是垂著頭，唯有他往這邊看過來，這倒也罷了，竟還敢笑。

沈傲看到這女孩兒，笑意更濃，這小屁孩倒是挺有意思呢，看她的樣子，應當就是那什麼公主了，小公主若不是皺著眉，就更可愛了。

過不多時，沈傲便看到那帷幔之後，一隻纖纖玉手卻是將女孩兒一摟，進了鳳輦裏。沈傲瞇著眼認真地看，不對啊，不是說來的是賢妃娘娘和公主嗎？怎麼這輕紗之後，似是有三個人影兒？

一番繁禮之後，總算將賢妃迎入後園，府上已經特意騰出了個閣樓，修葺一番，如今已是金碧輝煌，專門用來給賢妃住的。除了親眷，一應的男僕都已退走。

沈傲跟著夫人的腳後跟，和周若並排著走，心裏卻是腹誹，好大的排場啊，這府上畢竟是你賢妃的娘家，有必要這樣嗎？眼睛瞥了瞥周若，卻是見周若心不在焉，輕輕捏了捏她的裙襬，低聲道：「表妹，你蹙著眉做什麼？」

周若回神，勉強地扯出一個淡笑，咬唇道：「我有些不舒服。」

無語，不是想要上廁所吧，沈傲賊兮兮的左右張望，低聲道：「要不，表妹去歇歇吧。」

周若凝眉，似在猶豫，片刻之後搖頭道：「我怕姑姑知道了不高興。」

沈傲突然伸過手來，趁人不備拉住她的柔荑，輕聲笑道：「表妹若是受不了了，就狠狠地擰我的手吧。」

周若還真的狠狠地捏了他一下，嗔怒道：「你膽子真是太大了，若是被人看見……」

沈傲理直氣壯地道：「表哥拉表妹，誰敢亂嚼舌根子？咦，表妹，你的意思是說，若是沒人看見的話，我……」

「不許胡說。」周若縮回手，連忙將俏臉別過去。

哎，這年頭做好事也不行。

待那鳳駕停在了閣樓門口，鳳輦停下，帷幔拉開，在幾個公公的攙扶下，兩個倩影落撵，一個內侍要去接鳳輦上的女孩兒，那女孩兒卻是撲通一聲，直接跳落下來。

先下輦的一個華服婦人頓時皺眉，低斥道：「碧兒，不要胡鬧。」說著，便拉住了女孩兒的手，目光又落在身邊一嬌小可人的少女身上，道：

「安寧，這是本宮的娘家，你難得出宮一趟，不要拘謹。」

叫安寧的少女嚶聲道：「是。」

一行人徑直入閣，大家紛紛跟過去。

到了閣裏，也有帷幔輕紗，那賢妃的位置，恰是在輕紗之後，兩旁都有錦墩，眾人紛紛坐下，便有女婢奉來茶水，糕點，周正朗聲道：

「賢妃娘娘駕臨，爲兄幸甚，不知娘娘還有什麼吩咐。」

這樣說話，不知有多生疏，賢妃微微頷首，淡淡然道：

「兄長，本宮很滿意，不必再勞煩了。」

沈傲卻是目不轉睛，眼眸要穿過那輕紗之後，去看那留給自己背影的什麼安寧，須知男人最大的毛病就是好奇心甚重，看了一個姣好的倩影，便忍不住去看前面。

當然，沈傲斷不是好色，只是好奇罷了，卻不知他這目不轉睛的看，卻是讓周若白了他一眼，低聲在他身邊道：

「表哥，你在看什麼？」

沈傲連忙收斂，如老僧坐定，很是正經地道：「表哥在思考。」

「思考？」

「是啊，思考人生，你看，人生變幻無常，你姑姑十幾年前還是待字閨中的小姐，現在就已經自稱本宮了，再過二十年，又是什麼光景呢？」

周若冷笑道：「說這麼多，不就是想去看那公主嗎？」

咦？這都被她看出來了，沈傲氣勢一弱，立即不說話了。

這時，便聽到賢妃突然道：「哪個是沈傲？」

這一句話出來，閣中所有人都向沈傲望來，沈傲道：

「學生就是沈傲，賢妃娘娘，學生有禮了。」

賢妃身邊的女孩指著沈傲道：

「母妃，就是他，他剛才很放肆。」

沈傲無語，這個臭丫頭，你也太會告狀了吧，看一看怎麼了？別說你是個小破孩，就是將來你長大了，除非你不出門，不然本公子也照樣看，公主不也是人麼，既然是人，怎麼就不能讓人看了。

賢妃卻是並不怪罪，微微一笑：「在宮裏，我聽說一首詞，是了，就是《羅江怨》，這詞兒據說是你寫的？」

沈傲很謙虛地道：「學生靈感乍現，嘿嘿，不足一提。」心裏不由地想：「怎麼這詞兒傳到宮裏去了，哎，真是難為情啊。」

賢妃笑意更濃了一些，道：「這詞兒很好，宮裏的人都很喜歡，許多人聽說你是國公府的外甥，因而都來向本宮打聽呢。」旋即又道：「不過做詞曲兒，宮裏頭卻是公認安寧帝姬最好，這一趟安寧帝姬來，便是向你討教的。」

噢，知道了，原來賢妃娘娘問起自己，是有人來砸場子啊，這人還是個公主，這公主不會以身分壓人吧，不然很不公平的。

沈傲不禁感到有些鬱悶，卻是不得不道：「學生哪裡是帝姬的對手，這討教還是算了吧。」

賢妃輕笑道：「你不必怕，安寧帝姬又不是洪水猛獸。」

那賢妃話音剛落，帷幔之後傳出一陣輕咳，賢妃忙道：「快送金丹來。」

內侍頓時慌了，焦急地搜出了一個藥瓶兒出來，扯著嗓子道：「水，拿水來。」婢女去端了水，連同內侍一道兒掀開輕紗，一道兒到安寧帝姬面前，一個枕著她的頭，一個給她餵入黃燦燦的藥丸，又吞水進去。

這麼一來，倒是教閣中之人一下子慌張起來，夫人道：

「好端端的，這是怎麼了？快，去叫大夫來。」

輕紗兒一掀，沈傲才看清了安寧帝姬的模樣，這安寧帝姬年約十六七的樣子，一件正紅色的禮服上繡了九隻金鳳，看起來雖不及黑色禮服莊重，卻是華麗異常，戴的是三鳳冠，富貴堂皇，只是那姣好的臉蛋兒卻是窘得通紅，似是喉嚨裏被什麼堵住了，長長的睫毛下，那一雙含淚的眼眸彷徨無定，散出一絲痛苦之色。

丹藥餵了下去，咳嗽卻仍不見好，連那賢妃亦是臉色大變，道：「今日出門的時候還是好端端的，怎麼就發病了，安寧，安寧，快，再餵一粒金丹。」

那內侍又從藥瓶中倒出金丹，正要送到安寧公主唇邊，安寧公主卻是咬著牙關，眼眸中射出些許倔強，顯然是痛苦極了。

過不多時，大夫提著藥箱匆匆過來，顧不得規矩，立即跪在榻下把脈，然後搖頭苦嘆道：「脈象紊亂，似有陰虛津枯，卻又不像，體內似有虛火……」

周正陰沉著臉道：「到底是什麼症狀？」

大夫苦笑道：「公爺，這脈象太亂，一時難以斷定。」

周正只好道：「還是去請御醫吧，快叫人去。」

這時，之前一直在旁觀不做聲的沈傲突然道：「我來看看。」

說著，沈傲顧不上其他，便走至榻邊，卻不跪下，也不把脈，看了安寧公主一眼，見她臉上通紅，似是飛起一道火熱，扼住脖子，卻又像是如鯁在喉，心裏便已經猜測出了幾分，那內侍還要給她餵金丹，沈傲連忙用手攔住，搶過這金丹上下看了看道：

「這丹兒是從哪裡來的？」

內侍道：「這是梁公公親自煉的丹藥。」

沈傲無語，太監都改行去煉仙丹了，真要有這麼神奇，有本事練出還你男人本色的仙丹來給哥哥看看！

古來金丹大多都是禍害人的玩意，不少人原來只是小病小痛，卻是吃了這些金丹後，一開始倒是很快就能治癒，可是從此之後，這小病就慢慢的變成了大病，最後一命嗚呼。

死太監煉成的丹藥，八成不是什麼好東西，極有可能是公主病情加重的罪魁禍首。

只是……梁公公？這個人沈傲自穿越之後倒是頗有耳聞，此人在宮裏頭，地位與楊戩相若，楊戩是皇帝的貼身太監，而這位梁師成梁公公的影響力主要是在宮外頭，楊戩被人稱之爲內相，梁師成則被人稱作隱相，其權勢非同小可。

聽說是梁公公煉的丹藥，沈傲一時沉默，若是自己叫公主不要服這丹藥，病情自有好轉的可能，可是這件事，早晚都要傳到那死太監的耳朵裏去，自己一句話，說不定就平白無故地得罪了一個大人物；可若是自己三緘其口，雖說這公主和自己無關，可這跟見死不救沒什麼兩樣，捫心自問，這樣的事若是做出了，他晚上怕要睡不著覺。

沈傲微微頷首，見躺在賢妃懷裏的安寧郡主已是氣若游絲，拼命地咳嗽，可無論如何，又吐不出來，那俏臉兒彷彿被炙燒一般，燙得嚇人；沈傲知道，這是吃了金丹的結果，這種丹藥添加了許多鉛汞，服食之後，渾身燥熱，若是尋常體力強健的人，吃了之後倒是能感覺全身暢爽，就是一些小病小痛，也不再難受了；可是體虛之人吃了，反而會讓病情加重，甚至死亡。

得罪就得罪，不就是個死太監嗎？咬了咬牙，沈傲冷聲道：

「這金丹，不要再服用了。」

「啊……」那內侍頓時驚道：「公子，這金丹乃是仙藥，往日公主舊病復發，一直都服用的。」

沈傲不去理他，高聲道：「拿溫水來，餵給公主喝。」

內侍驚慌道：「這……這……梁公公囑咐過……」

「快！若是公主出了什麼事，是不是你來擔當？」沈傲厲聲低吼，臉都紅了。

安寧公主見一個男子站在榻前，臉色略帶猙獰，卻是一下子嚇住了，冷汗不斷地滾落下來，賢妃連忙給她擦拭額頭上的汗液，一邊的女孩兒被沈傲這一吼，也是嚇得眼眶淚珠兒團團轉，哇地大哭起來。

夫人一把將女孩兒抱住，低聲安慰，匆匆地帶出閣去。

周正此刻顯得篤定極了，眼眸中射出一絲精芒，對沈傲道：「你學過醫術嗎？」
沈傲搖頭：「沒有學過。」
周正臉色一變：「這個法子管不管用？」
不管如何，安寧公主是絕不能在國公府出了事的，剛吞服了金丹，安寧的病情加重，大夫又一時診斷不出病情，此刻，也唯有病急亂投醫了。
沈傲道：「多喝溫水，先看看能不能穩住病情，至於這金丹，卻是絕不能再吃了。」
沈傲深望周正一眼，似是鼓起了某個決心，因為他明白，下一句話說出來，或許會為自己引來禍患，可是此刻的他，腦子卻極為空明，不疾不徐地道：
「這丹藥只怕……有毒。」
沈傲的聲音不高不低，篤定從容，說出這句話，他不由鬆了口氣，人生在世，許多話不能說，可是卻不得不去說，說出來之後，突然覺得渾身輕鬆起來。
周正沉著眉，望著沈傲，卻是突然拍了拍他的肩，似乎明白了這外甥此刻的心情，隨即道：
「聽見了嗎？把金丹拿走，送溫水來，快。」
國公這一喊，比之方才沈傲的話要有用的多，那抱著丹瓶的內侍不敢再說什麼了，只是略有不滿的望了沈傲一眼，乖巧的退到一邊去。立時就有幾個小婢端了許多溫水來，沈傲道：

「來，不停地灌……哦，不是，是不停的請帝姬慢慢的吞服。」

溫水吞服下去，安寧公主卻仍不見好，所有人的心都提了起來，賢妃此刻也顧不得那威儀端莊了，臉色青紫地道：

「方才還好好的，這是怎麼了？」

周正對賢妃道：「娘娘不要急，就算出了事，一切也有為兄在。」

他語氣堅定，言外之意是說，若真是出了嚴重後果，這罪責，他一力承擔。

賢妃的眼淚不由地流了出來，卻是咬著牙不說話，輕輕地摟住安寧，一雙眸子落在安寧身上，突然道：「安寧是本宮帶出來的，就算真出了個好歹，也是本宮的錯，哪裡有讓娘家承擔的道理。」

隻言片語之間，那原本冷漠的閣樓裏卻溢出了些許兄妹之情，沈傲安慰道：

「依學生看，這安寧帝姬原先只是患了咽炎，可惜吃了那金丹，病情反倒加重，因此轉成了慢性，這病其實並沒有什麼大不了的，可是這隔三岔五地吃金丹，就是沒病，也會鬧出事來；多喝些水，只要穩住了病情就不妨事了。」

他也不知道自己的話，旁人能聽懂幾分，可是這番話倒是頗有鎮靜作用，賢妃吐了口氣，總算不再失態了。

安寧臉色仍是燙紅，一雙眼眸落在沈傲身上，從眼眶不斷有淚珠迸出來，口裏也不斷地喘著粗氣，喝完了一盞水，艱難地道：「疼……疼……」這一聲聲的叫喚，把人的心都喚碎了。

此刻，沈傲卻出奇地冷靜，臉色從容，波瀾不驚，一雙眼睛一直認真地觀察著安寧的變化。

對醫術，他也只是略略懂得一些而已；由於是通緝要犯，在相當一段時間裏，他不能前去醫院，不得已，只能用一些土法來爲自己醫治一些小病小痛；治療咽炎並不難，可是病情如此嚴重的，沈傲卻一點把握都沒有。

現在最重要的，還是先用溫水去沖散方才那粒金丹帶來的效果，至於咽炎，倒是其次的問題了。

安寧公主的額頭上，已有豆大的汗珠順著臉頰淌下來，她咬著牙，開始嗚嗚地哭了起來，顯然疼痛已經到了忍耐的極限，一隻手攥緊賢妃，艱難道：

「快，給我服金丹吧，吃了金丹就不疼了。」

「不許吃。」沈傲沉聲道，此刻的他，倒彷彿是這閣樓裏的男主人，不留一絲的情面。

眼見那安寧痛苦的模樣，沈傲嘆了口氣，語氣溫柔地道：

「從前，有一個名醫叫扁鵲……」

他說到這裏，就不說了，眼睛落向別處。

安寧公主從未見過這樣的少年，那一聲厲喝，倒是將她嚇了一跳，等沈傲說起什麼從前有個名醫，便不由地咬著牙關問：「後來呢？」

「後來？」沈傲微微一笑：「沒有了。」

眾人無語，安寧公主臉色更加紅了，忍住喉間的疼痛冷哼一聲。

沈傲卻笑道：「好吧，重新講過，從前，有個名醫叫扁鵲，有一次魏文侯問扁鵲：我聽說你們家弟兄三人都學醫，那麼誰的醫術最高？扁鵲說：『大哥醫術最高，二哥其次，我最差。』

魏文侯驚訝地問：那爲什麼只有你名動天下，他們兩個一點名氣都沒有？扁鵲說：

『我大哥的醫術之高，可以防患於未然，一個人的病未起之時，他一望氣色便知，然後用藥將其調理好，所以天下人都以爲他不會治病，他便一點名氣都沒有。我二哥的能耐，是能治病初起之時，防止別人釀成大病。病人剛開始感冒咳嗽時，他就用藥將人治好了，所以我二哥的名氣僅止於鄉里，被人認爲是治小病的醫生。

我呢，就因爲醫術最差。所以一定要等到這個人病入膏肓、奄奄一息，然後下虎狼之藥，起死回生。這樣，所有人便都以爲我是神醫。想想看，像我大哥這樣治病，人的元氣絲毫不傷，我二哥治病，這個人元氣稍有破損就補回來了，像我這麼治病呢，命是撈回來了，可元氣大傷，您說，我們家誰醫術最高明？』」

沈傲講起故事來，娓娓動聽，安寧公主雖然疼痛難忍，這故事也只聽了個隻言片語，可是一分神，反倒沒有這麼痛了；大口喘氣，似是這疼痛比方才又減了幾分。

有內侍給她繼續餵服了溫水，她終於拚命地咳了出來，這猛烈一咳，那臉上的潮紅終是消散了一些，目視著沈傲，道：

「那你是扁鵲的大哥還是二哥？」

第七九章
政治豪賭

保沈傲，不止是因為沈傲和他的交情，更像是楊戩作出的一個政治豪賭。

臥榻之下，豈容他人鼾睡？

咱家是內相，這宮裏頭卻平白添了個隱相，嘿嘿……

如今恰好有了這個機會，咱家為什麼要和他梁師成平起平坐？

沈傲苦笑：「我是扁鵲的八弟，號稱醫死人不償命，『殺人名醫』沈傲沈監生是也。」

安寧公主咯咯要笑，這一激動，咳嗽更劇烈了。

這猛烈一咳，倒是氣色漸好了不少，氣喘吁吁地幽幽道：

「我的病總是不見好，我愛唱曲兒，經常唱曲兒給母妃和父皇聽，可是後來，我唱曲兒嗓子就疼，還喘不過氣來。我就在想，誰要是把我的病治好了，我就是短壽幾年也甘願，我不願意再這樣，不願再有人看著我心疼。」

那臉頰上的潮紅又濃了幾分，淚珠兒落得到處都是。

眾人見沈傲與安寧說話起了效果，個個精神抖擻起來，沈傲道：

「要不，我給你唱首曲兒吧。」

安寧咳嗽了片刻，道：「好，我要聽新詞兒。」

沈傲一時無語，其實他的嗓子實在不好意思在這麼多人面前顯擺，只是看她疼得難受，又見她楚楚可憐，很想轉移她的注意力，減輕一些痛楚。這一唱，只怕本公子的名節全沒了。

嘆了口氣，沈傲凝神唱道：

「為貪閒耍，向西郊常尋歲華。霎時間遇著個喬才，想今年命合桃花。邀郎同上七香車，遙指紅樓是妾家……」

這詞兒唱出來，周恆不知從哪裡冒出來叫道：

「表哥，原來你還有這樣的情懷？」

眾人都笑。

沈傲臉皮雖厚，卻終是敵不過這麼多咄咄逼人的眼神，呵呵一笑，道：「過獎，過獎。」

這首詞兒是沈傲學來的明曲，講的是一位貴族小姐乘著自己的香車，到西郊遊玩，霎時間，遇到了一個少年，一見鍾情，越看越喜歡，女孩美滋滋地心想著自己今年真是走桃花運了，碰上了如意的情郎，這位貴族小姐喜歡得不行了，馬上撩開車簾，主動邀請少年上車，告訴少年，遠處的紅樓就是自己的家，跟我一起回家約會吧。

這首曲子體現了明曲的特色，情感真實和意境美好，在這首曲裏，女孩子對真情的渴望，大膽又熱烈，生活只有這樣本色才顯得美好，一個人只有卸掉了偽裝，盡情盡性，才會活得有滋有味。

只不過話說回來，這明朝作詞寫得也確實大膽了些，詞兒一唱出來，自然引來不少人的注目和意味深長。

安寧公主氣色更好了，只是那臉蛋兒卻仍是緋紅，嚅囁著又咳了幾聲，縮入賢妃的懷裏。

沈傲突然發現，這首詞兒有點不太合時宜，這公主不會是想岔了吧？以為自己將貴族小姐比作了公主，而貴族小姐看上的少年變換成了自己？

好冤枉，沈傲絕沒有這個意思的，只是一時盡興罷了，好好的一首詞，現在怎麼有一點隱晦求愛的意思了。

「咳咳……」

這一回輪到沈傲咳嗽了，偷偷瞄了眾人一眼，國公的面色風輕雲淡，周恆一副我已看透了你的淺笑，周若將臉蛋別到一邊，還有那幾個婢女，卻都是一副忍俊不禁的表情。

真是跳進黃河都洗不清了，心裏嘆了口氣，移開話題道：

「公主的氣色看起來好許多了。」

眾人才驚醒過來，這一看，果然看到安寧公主不再如先前那樣的駭人了，賢妃大喜道：

「神佛保佑，安寧吉人自有天相。」

安寧眨眨眼，眼睛不敢去看沈傲了，卻是點頭道：

「是好多了，只是胸口還悶得慌。」

沈傲正色道：「這就好，不過往後再不能吃什麼丹藥了，好好地調理，病自然就好了。平時少吃些油膩的吃食，多喝些溫水就是。」

安寧道：「就這樣簡單？」

「多喝些蜂蜜水和梨汁也可以，慢慢就可以恢復的。」

安寧現在的病，沈傲已經斷定完全是那丹藥引起的，只要不吃丹藥，慢慢調理，總是不會錯。

安寧頷首點頭，笑道：「謝謝你，沈公子。」

沈傲微微一笑，連忙退出帷幔外去，重新落座。

有了這一場虛驚，倒是讓方才冷漠的氣氛多了幾分熱絡，賢妃道：

「兄長，家裏這些年好嗎？」

周正連忙道：「好，好得很。」他沉默片刻，補上一句道：「只是一直見不到你，為兄的既愧疚又難受，向宮裏人打聽，也只是傳出隻言片語。」

賢妃道：「兄長不必擔心，本宮好得很。」

話到了這裏，又陷入沉默，頗顯尷尬。

倒是那帷幔之後的安寧公主怯生生地道：

「沈傲，你除了作詞，還會什麼？」

沈傲正呆呆坐著躲避周若傳來的眸光，像是做錯事的孩子，一聽安寧發問，立即支支唔唔地道：「帝姬問的是學生？咳咳……學生除了死讀書，別的大致都不會。」

這一次他學聰明了，表現得很矜持。

安寧公主聽了沈傲的話，卻是蹙眉道：「讀書？我也想去讀書，可是父皇不讓。」

沈傲一時無語，笑道：「其實讀書也沒什麼好。」就此敷衍過去。

說了一會兒話，安寧公主的病確實好了不少，就連說話也清亮了許多，一家人吃了年關飯，便是送禮的時候了；周恆送的是一柄玉如意，不消說，這玉如意自是國公先拿給周恆，周恆再以自己名義贈送給姑姑的。

至於周若，送的卻是一串翡翠掛墜兒，掛墜兒色澤柔和，霎是好看，賢妃笑吟吟地捏起吊墜，細細看了一番，又在頸下比劃，道：

「這吊墜兒，本宮很喜歡，難爲若兒費心了。」

周若略有靦腆地道：「娘娘喜歡，若兒也就滿足了。」

接著，眾人將目光落在沈傲身上，賢妃笑道：

「沈公子要送什麼禮物給本宮呢？」

安寧公主亦是期待地眨眼望去。

只見沈傲修長的身材徐徐站起，濃眉一挑，狹長的眼眸恰好向這邊望來，安寧眼眸連忙躲閃開，便聽沈傲道：

「賢妃娘娘，學生並沒有爲你準備禮物。」

話音剛落，閣內頓時尷尬異常。

賢妃沒想到等來的是這個答案，失望地嗯了一聲，勉強地露出一絲笑容道：

「贈禮隨心，只要心意到了便好，本宮並不在意禮物的。」

雖是這樣說，面容卻是黯然，似有不悅。

連安寧公主都皺起了修長的柳眉，心裏在想：「看來這沈公子是要惹得娘娘不喜了。」

沈傲呵呵笑道：「學生雖然沒有爲娘娘準備禮物，可是有一樣禮物，卻要贈給康淑帝姬。」

恰好夫人見這邊無事，便抱著康淑帝姬回來，那女孩兒聽到沈傲有禮物送給自己，一時覺得新鮮極了，一下子忘了沈傲方才對她的放肆，在夫人懷中掙扎道：

「拿禮物來給我看看。」

沈傲爾雅一笑，從懷中一掏，手裏多了一樣物事，這是一個用皮革縫成的娃娃，樣式與後世的洋娃娃頗爲相似，嬌小可愛，沈傲出了大價錢，皮匠們不敢怠慢，自然是精細無比。

女孩兒眼眸一亮，在夫人懷裏興奮道：「給我，給我。」

女孩兒最喜歡的事物，無非是那些看上去可愛的小玩意，什麼金銀珠玉在她們眼裏，其價值可能比不過一個玻璃彈珠，沈傲最擅長的就是把握這種心理。

賢妃在宮中與康淑公主相依為伴，康淑公主對於她來說，也許比自己的生命還重要，有一個禮物能讓小公主開心，這份禮物的重量，自然非同凡響。

將布偶送到小公主手裏，小公主視若珍寶，上下打量，俏生生地抱著布偶飛奔至楊前，一下子投入母親懷中。

賢妃的臉上，頓時生出幾分欣喜，連連對沈傲道：

「好，這禮物，本宮很喜歡；沈公子，令你費心了。」

沈傲連忙謙虛一番，自是其樂融融。

「這個郡主小祖宗，還真是不好對付，嘖嘖，好在咱家見機行事，總算是脫身了。」

楊戩去宣了旨意，回到宮中，先是尋了個內侍詢問官家的動靜，內侍答道，官家正在小憩；聽內侍如此說，楊戩便尋了個小閣，去坐著喝了會兒茶，心裏唏噓一番，榮郡公進宮，官家的心情似是也好了不少，今個兒是年關，待會兒宮中還要設宴，可有得忙了。

他心念一動，便又打發了小內侍來問：「膳房都準備妥當了嗎？今日咱家路過垠台，怎的不見梁公公？」

內侍期期艾艾地道：「梁公公出宮去了。」

「出宮？」楊戩佯怒道：「這風口浪尖上，他出宮做什麼？」

內侍道：「方才有內侍來宮裏請太醫，恰好被梁公公撞見，一問之下，原來是安寧帝姬舊病復發。」

楊戩闔眼，靠著後椅似在養神，卻是陷入深思，安寧帝姬舊病復發，也不是一天兩天的事，吃了金丹不就好了嗎？立即教太醫過去也就是了，這梁公公去湊什麼熱鬧？

宮裏頭事無巨細，楊戩都了若指掌，哪宮的夫人生了嫌隙齟齬，各主事內侍的脾氣秉性，他心裏跟明鏡似的；這位梁公公，楊戩太瞭解了，此人外表愚訥謙卑，看上去老實厚道，不像是能說會道的人，實際上卻內藏心機，最善察言觀色，處事老道，深得官家的寵信。

更何況，他領的差事是睿思殿文字外庫，主管出外傳達御旨；這可是個肥缺，除了中旨之外，所有御書號令都經他手傳出來，頒命天下；其權位之重，不在自己之下。可是今日是年關，這個當口，梁公公出宮去做什麼？莫非出了什麼大事？

楊戩繼續問道：「只是因爲帝姬的舊病？」

內侍道：「是與帝姬的舊病有關，可是據說，好像是有個人，說梁公公煉出來的金丹有毒，叫人不許給帝姬餵服，梁公公一聽，立即將差事交給了王公公，又去向官家說代官家去瞧瞧帝姬的病情，便出宮了。」

楊戩一聽，闔著的眼眸張開，迸發出一絲精厲：「難怪了。」

楊戩明白了，若是事情真如這個內侍所說，這梁公公若是不跳腳，那才是見鬼了，別看平時梁公公整日木訥訥的，其手段卻是再狠毒不過，更何況有人說他煉出的金丹有毒，這可非同小可啊。

這宮裏頭的金丹，大多都是梁公公會同幾個天師煉出來的，非但是安寧帝姬，就是官家和正宮的幾個娘娘也是時不時取來吞服，據說這金丹有延年益壽的功效，宮裏頭自是深信不疑。

可有人說他的金丹有毒，這對於梁公公來說，可是要命的事，丹裏有毒，他卻獻給官家和娘娘們去吃，這是什麼？往大裏說，欺君都是輕的，說他是蓄意謀反都不爲過。

這句話，誰說出來，就必須得死，否則今日有人說金丹有毒，況且還是對著賢妃娘娘和帝姬去說，這要是傳到了宮裏，梁公公還能活嗎？

楊戩心裏一笑，這倒是有意思，汴京城裏，竟還有人觸梁公公的逆鱗，咱家倒是許久沒瞧過熱鬧了。

雖然心中很爽，可是這臉上卻不能顯露出來，楊戩佯怒道：

「是誰這樣大膽，連這種話都敢說，宮裏的事也是別人能胡言亂語的？哼！」

內侍討好地道：「說這話的人名字叫沈傲，奴才有點兒印象，楊公公還曾和奴才提起過這人的名字呢。」

楊戩一聽，那佯怒裝不下去了，轉瞬化為了驚愕，手裏端著一盞要喝的茶停在半空，喃喃道：

「你是說，這人……這人是沈傲？」

「這事兒斷沒有錯的，梁公公已經放話，說要將這人碾死，再好好地過這個年關。」

「難怪，難怪。」楊戩一時無語，除了這個沈傲，還有誰連梁公公都敢惹？這倒是令咱家為難了，沈傲……沈傲……，依著梁公公的性子，必不會和他干休的，可是這個沈傲，卻又是好惹的嗎？不說他背後有舊黨在，就是官家，也時常念叨著他，他這個人脾氣又倔又硬，這兩個人衝突起來，天知道結局是什麼模樣。

況且這位沈老弟，和咱家也是有交情的，這個人，咱家看著喜歡，咱家將來做生意將來自有用處。

學問汴京第一，官家器重得很，將來早晚要平步青雲的，自個兒現在和他打下的交情，

賺銀子的事還巴望在他身上呢。銀子倒還是小事，重要的是沈傲的未來，這位沈老弟，

其實楊戩和梁師成是同一類的人，二人都有野心，在內廷，楊戩說一不二，就是梁師成見了他也得讓個兩分。可是在朝廷裏，楊戩比之梁師成的影響力卻是相差較爲懸殊，比如現今執政的少宰王黼，自蔡京致仕之後，整個朝廷幾乎由王黼把持，可是王黼呢，卻對梁師成如子敬父，稱之爲「恩府先生」。兩人府第僅一牆之隔，又在牆上設一小門，日夜往來交通，關係極爲親密。

朝中有人依仗，梁師成的權勢，尤其是對宮外的影響，自不必說。

可是這個少宰王黼，卻也是梁師成提拔出來的，那王黼還只是個小官的時候，就與梁師成過從甚密了；眼下的沈傲，就如當年梁師成的王黼，楊戩便是想借一借這大才子，將其引爲外援。

楊戩深深懂得，在當今的官家手底下做官，可不比前朝了。只要官家高興，聖眷一下來，一日三遷也是常有的事，譬如那高俅，楊戩還會不知道他的底細？無非是個不學無術的書僮罷了，可是轉眼之間，就成了太尉；以沈傲現在的聖眷，將來他就是將王黼取而代之，楊戩也絕不懷疑。

眼下沈傲卻和梁師成對上了，這可大事不妙了，若是那梁公公玩硬的，來個先斬後奏，咱家搭起的這根線不就斷了嗎？

可是爲了一個沈傲去得罪梁師成……楊戩摸著光潔的下巴，陷入深思裏。

如今倒教楊戩真正爲難了，沈傲這個傢伙，到底是保還是不保？那梁師成的手段，自是不必說，若是自己冷眼相看，是不是有些不近人情？可要是去保沈傲，只怕要和梁師成反目了。

沈傲說金丹有毒，與梁師成已生出了不共戴天的仇怨，這絕不是鬧著玩的，也不是說個和就能化解的。

跟前的那個小內侍，眼見楊戩神情恍惚，小心翼翼地低聲叫著：

「楊公公……楊公公……」

楊戩回神，眼眸中卻是閃露出一絲狡黠：「去文景閣，看看官家醒了沒有，若是官家已經醒了，立即來報。」

「是。」內侍退了出去。

楊戩對著空曠的閣樓裏齜牙冷笑一聲，慢吞吞地喝了口茶，他清楚，做了這個決定，自己就不能回頭了。

保沈傲，想盡辦法，也要將這傢伙留住，不止是因爲沈傲和他的交情，這個決定的作出，更像是楊戩作出的一個政治豪賭。

臥榻之下，豈容他人鼾睡？咱家是內相，這宮裏頭卻平白添了個隱相，嘿嘿……如今恰好有了這個機會，咱家爲什麼要和他梁師成平起平坐？

一山不容二虎，這個想法，在平時楊戩連想都不曾想過，梁師成的手段，他是知道的，其狠辣遠在自己之上；可是現在，豈不正是個機會？

「金丹有毒……金丹有毒，這金丹到底有沒有毒呢？」楊戩絲絲冷笑：「沒有倒也罷了，可要是有呢？梁公公啊梁公公，你這老樹只怕要盤根拔起了。」

恰在這個時候，小侍進來稟告道：「公公，官家醒了。」

趙佶一覺醒來，腦袋卻還有點兒犯暈，這些時日，他的精神頗有些不濟，左右張望，人呢？今日當值的是誰？

殿門輕輕推開，楊戩笑吟吟地提著一壺茶水，亦步亦趨地過來，小心翼翼地給趙佶斟了茶，低聲道：「官家，先喝口茶潤潤心肺。」

趙佶舉起茶盞，道：「這殿裏怎麼這樣冷清，哎，難爲了你。」

楊戩神色不動，乖巧地退到一邊，小心翼翼地道：「蒙陛下不棄，奴才能夠伺候陛下，已是祖上修來的福氣，難爲自是談不及的，小憩了一會兒，陛下的精神都好了不少呢。」

趙佶呵呵一笑，精神顯得抖擻了一些，道：

「你說的是，過幾日教人來踢一場蹴鞠吧，再不踢，朕的技藝都要生疏了。」

楊戩也笑著道：「陛下說到蹴鞠，奴才便在想，那沈傲不知會不會蹴鞠？這小子倒是什麼都會幾分。」

趙佶哈哈笑道：「朕就不信他什麼都會。」

楊戩眼眸一閃，低聲咕嚕道：「奴才倒是相信。方才奴才還聽人說，沈傲連醫術也高明得很，眨眼之間，將安寧帝姬的舊疾都給治好了。」

趙佶只聽到隻言片語，道：「你說什麼？」

楊戩惶恐不安地道：「奴才沒有說什麼，只是胡亂說的，請陛下恕罪。」

趙佶卻是聽出幾分弦外之音，眉頭微微地皺起，道：「你不要怕，有什麼就說什麼，朕在這裏，你有什麼好怕的？」

楊戩哭喪著臉道：「奴才實在不敢說，陛下，您就饒了奴才吧。」

他越是如此說，趙佶更要一探究竟，板著臉道：「楊戩，到底是什麼事，你連朕都敢瞞嗎？」

這一句話將楊戩嚇得魂不附體，可是他只是咬緊牙關，似是十分畏懼的樣子，道：「陛下就饒了奴才吧，奴才只有一條小命，哪裡敢在陛下面前胡說八道，若是讓人知道，奴才就算有官家庇佑，只怕也萬劫不復了。」

他這一句話的意思，背後的隱喻卻是駭人，趙佶心中一驚，這話的意思是，有朕庇佑也萬劫不復？普天之下莫非王土，莫非還有人比朕說的話還管用？

趙佶臉色鐵青，氣得渾身發抖，啪地一聲，手中的茶盞摔落在地，怒斥道：「楊戩，你到底要說什麼？朕的話你也不聽了？」

楊戩身如篩糠似地一下子跪下，期期艾艾地道：「陛下，奴才不能說啊，這宮裏頭耳目眾多，奴才若是說了，只怕再也不能伺候陛下了，是奴才該死，惹陛下生氣，奴才該死……」

他掄起自己的手掌便往自己的臉頰上啪啪搧打，眼淚四濺下來，淒淒慘慘地繼續道：「陛下一定要說……奴才……奴才……」他咬了咬牙，道：「奴才就不再隱瞞了，若是有人要打要殺，奴才甘願去死。」

臉頰腫得老高，眼眸裏淚眼婆娑，這一刻，楊戩卻是突然鎮定下來：「今日安寧帝姬隨賢妃娘娘去了祈國公府省親，可是到了國公府，卻突然發病……」

趙佶一聽，眉頭皺得更緊：「朕聽梁師成說過這事，已叫他去探望了。」

「可是有些事，梁公公並沒有對陛下說。」楊戩抬眸，表情顯出幾分猶豫，又似是鼓起了勇氣，道：「安寧帝姬發病，按往日，都是餵服金丹的，陛下應當知道吧？」

趙佶點頭：「梁師成煉成的金丹，確實有治癒百病的功效。」

「可是這一次，那金丹卻不起效了，非但不起效，安寧公主吃了那金丹，病情非但未緩解，反而加重了幾分，眼看危在旦夕，沈傲沈公子卻站了出來。」

趙佶意外地皺了皺眉頭，道：「這個沈傲，為什麼什麼事都有他的一份？他是個怪才，想必一定有良方了？」

楊戩咬牙道：「沈公子沒有良方，卻只是叫人給帝姬餵水，這病，就不治而癒了；更駭人的是，沈公子還說……還說……」

「還說什麼？」趙佶眼眸一張一闔，顯出無比的震驚。

這副姿態，卻是令楊戩心中有些發虛，繼續道：

「沈公子說那金丹……有毒。」

「有毒？」這一句話如晴天霹靂，卻是教趙佶臉色劇變，那金丹，他也吃了不少，若真有毒，為什麼朕沒有發現？這個沈傲到底是危言聳聽，還是……

楊戩道：「陛下，這些話奴才本不該說，哎，奴才這個人，只求能伴在陛下身邊，此生足矣，再沒有其他奢望，可是陛下一定要奴才說出來，奴才……奴才……」

楊戩抬手去擦拭眼淚，戀戀不捨地道：「奴才不敢教陛下爲難，若是奴才發生了什麼不測，陛下也萬勿見怪。」

趙佶面色鐵青，撫案道：

「你這是什麼意思？什麼不測？你無須隱瞞。」

楊戩咬唇道：「奴才今日在陛下面前提及金丹之事，梁公公還會放過奴才嗎？梁公公被人叫做隱相，他主管出外傳達御旨的差事。所有御書號令都經他手傳出來，頒命天下。奴才聽說，他特意找來幾個擅長書法的小吏模仿陛下的筆跡，按照他自己的意願擬聖旨下傳，外廷人不知底細，不辨真僞，也都遵從照辦，這大宋朝誰不知道天上有兩個太陽，宮裏頭住著……住著兩個天子？」

「非但如此，在朝廷裏，梁公公的私黨數不勝數，就是少宰王黼，見了梁公公，那也是以師禮事之的。誰得罪了他，還會有命活嗎？若他假傳一道聖旨，說奴才蓄意謀反，奴才百口莫辯，唯有一死了。」

趙佶手指扣著御案，臉上卻是說不出的冷靜，眼眸中卻閃出一絲殺機，一字一句地道：「你說的可都是真的？」

楊戩咬牙道：「若有一句虛言，任陛下處置。」

趙佶陰沉著臉，冷笑道：「查，要徹查，朕不能信你的一面之詞，也絕不會姑息養奸……」

楊戩心中一驚，官家竟是沒有表態，按他對官家的瞭解，此刻應當是龍顏大怒，直接先將梁師成下了大獄，再徹查督辦此案，只要梁師成下獄，他的同黨必然樹倒猢猻散，不說這梁師成留下的把柄不少，就是完全清白，楊戩也自信有給他栽贓的把握。

只是，官家現在到底在想些什麼呢？

來不及揣摩，楊戩道：「官家，方才梁公公說是要出宮去看安寧帝姬，只怕並沒有這樣簡單。」

趙佶心念一動：「你說下去。」

楊戩道：「沈傲竟敢說梁公公的金丹有毒，梁公公知曉，豈能輕易甘休？陛下，沈傲有難了。」

趙佶闔目深思，卻是無動於衷地道：「再等等，等等看……」

他嘆了口氣，眼眸中卻是閃過一絲悲涼，在端王府的時候，梁師成就伺候著他，君臣之間的感情，又豈是一兩句就能斬斷？他要再看看，再等等，他心裏默默道：

「梁師成，你這奴才可莫要教朕失望……」

第八十章
護身符

王黼又豈是個蠢蛋，梁公公的話他自是不敢忤逆，乾脆多拉幾個人下水，
也可作為自己的護身符，除此之外，還有刑部尚書王之臣。
只要把這些人拉下水，就算到時候官家追問下來，到時還不是不了了之？

「恩府先生，怎麼今日這麼早就出宮了？」

這廳堂雖然不大，卻是金碧輝煌，各種字畫、瓷瓶琳琅滿目，梁師成雖多少懂些詩書，但根本談不上是什麼大手筆，卻喜歡附庸風雅，自我標榜吹噓，說自己出自於蘇軾之門，還四處宣稱以翰墨為己任，常常對門下的四方俊秀名士指點批評。還在府宅的外舍放置各種字畫、卷軸，邀請賓客觀賞、評論，題識；如果題識令他滿意的，他便加以薦引。

別看這廳堂玲瓏，不知多少人在這裏獲得了梁師成的賞識，被委予了官職。梁師成雖已到了不惑之年，膚色卻保養得極好，雖穿著宮裏的公服，可是佇立一站，卻有幾分變態的男子妖冶，蘭花指兒掀開茶盞，斯斯文文地喝了口茶，抬起眸來，那眼眸清澈明亮，卻是散發出一股木訥，這木訥並沒有讓他的形象失色，反倒減輕了幾分那變態的妖冶。

他喝起茶來，慢吞吞的，顯得不疾不徐，風輕雲淡，在他的身側，則是一個身穿蟒袍的官員，笑呵呵地望著梁師成，一雙眼眸直勾勾地盯著梁師成喝茶的模樣，畢恭畢敬的神情，沒有一點兒不耐煩的意思。

堂堂少宰，掌握朝綱的重臣，臉上除了那並不太讓人生厭的諂笑之外，再無其他。喝了茶，梁師成抬眸，一雙眸子落在王黼身上，如沐春風地道：「王大人，為何不坐下說話？來，來，快給王大人上茶。」微微一嘆，道：「王大人，咱家叫你來，是有一件事要你幫襯一二。」

王黼連忙道：「恩府先生有命，只需吩咐下官即是，幫襯二字，休再提了。」

梁師成咯咯一笑，將茶盞放下，溫文爾雅地道：

「王大人，沈傲這個人，你聽說過嗎？」

王黼沉吟片刻道：「此人是個監生，初試、中試都考了第一，頗受推崇。據說他的姨父乃是祈國公，至於其他的……對了，宮裏的楊戩楊公公和他的交情似是不淺，這些，下官也只是道聽塗說來的，到底是什麼光景，只怕要教人去查一查。」

梁師成笑著搖頭道：「不必了，這個沈監生和咱家有緣，哎，咱家只是煉些金丹，孝敬宮裏的各位主子，誰知他危言聳聽，竟說咱家的金丹裏有毒。」

王黼臉色頓變：「他好大的膽子，恩府先生放心，這件事包在下官身上，管他與誰有關聯，下官定不輕饒他。」

梁師成又是咯咯一笑，那眼眸突然變得深沉起來，上下打量王黼一眼：

「只是不輕饒他？王大人，你似乎還沒有聽懂咱家的意思呢？他構陷咱家煉的金丹有毒，若是讓有心人聽了，豈不是說咱家欺君罔上？咱家這一次叫你來，便是有一個目的……」

眼眸中突露凶光，手掌在頸脖處輕輕一劃，聲音陡然高昂起來：

「此人在世上多活一日，咱家的心裏頭就空落落的，睡不安穩哪……」

王黼一聽，臉色頓變，殺沈傲？沈傲可是監生啊，禮不上大夫可不是空話，要殺一個有功名的學生，更何況還是監生，豈是容易之事？

王黼沉默了片刻，表情凝重地道：「恩府先生，若要沈傲死，唯有快刀斬亂麻，尋個由子將他下獄，在獄中行事，到時便推說他畏罪自殺。」

梁師成咯咯一笑，妖冶盡顯，翹著蘭花指揭開茶蓋，道：「如何動手，咱家可不管，咱家要的只是結果，王大人，勞您費心了。」

王黼心裏苦笑，梁公公的意思是說，事情由自己來辦，出了事也得自己兜著，這沈傲的背後是祈國公，祈國公會善罷甘休？心頭轉過許多個念頭，眼下這梁公公斷不能得罪的，自己能有今日，全靠公公提攜，就是刀山火海，他咬著牙也要蹚一蹚。

踟躕片刻，王黼道：

「可是，給這沈傲治一個什麼罪名呢？若是尋常小罪，難免繞不過京兆府，京兆府裏都是衛郡公的人，衛郡公與祈國公又是莫逆；可若是羅織的罪名太大，大理寺那邊必然插手，這大理寺與老夫一向不和，唯有從刑部這邊下手，方能做到掩人耳目。」

梁師成道：「普天之下，羅織什麼罪名最容易？」

王黼倒吸了口涼氣：「恩府先生的意思是……謀反？」

梁師成呵呵一笑：「咱家可沒這樣說，你自個兒拿主意吧。你記好了，安排好一切，立即帶人去祈國公府拿人，祈國公府裏賢妃娘娘尚在，你也不必怕，只要你寸步不讓，沾上了這罪名，娘娘也不敢輕舉妄動。他們唯一的辦法，就是在下獄之後設法營救，所以那姓沈的一旦下獄，不需有什麼耽誤，讓他立即就死，遲則生變，明白嗎？」

王黼頷首道：「要去拿人，非動用禁軍不可，既是謀逆大罪，若是沒有一兩件鐵證，也不好辦。」

王黼又豈是個輕易被人拿槍使的蠢蛋，梁公公的話他自是不敢忤逆，乾脆多拉幾個人下水，也可作爲自己的護身符，比如動用禁軍，就一定要教三衙的高俅首肯，除此之外，還有刑部尚書王之臣。只要把這些人拉下水，就算到時候官家追問下來，宮裏有梁公公說情，高俅和王之臣又都是寵臣，到時還不是不了了之？

梁師成沉吟道：「三衙的事，咱家教人和高太尉打一聲招呼，至於鐵證嘛……」梁師成嘿嘿一笑，眼眸兒閃出一絲駭人光澤，靠著太師椅闔目道：「來，將那條玉帶拿來。」

門下聽了吩咐，立即往府庫去了，過不多時，捧著一條玉帶過來。

王黼定睛一看，忍不住倒吸了口涼氣，這玉帶的布帛用的是橙黃之色，鑲嵌的美玉散發著溫和光線，認真細看，那玉帶的紋理竟是隱隱繡著紅絲的龍紋，這……這竟是御用之物，爲什麼會出現在梁公公的府上？

王黼頓覺心驚肉跳，梁公公……梁公公莫不是私藏了御用的御帶？這……這若是讓人知道，可是謀逆大罪啊。

他轉而一想，隨即又鎮定下來，今日梁公公將這御帶當著自己的面拿出來，豈不是恰好證明老夫深得他的信任？否則這樣的寶物，又豈可示之與人？

梁師成咯咯笑道：「這御帶想必王大人不陌生吧？」

王黼正色道：「下官看到的，只是一件尋常的玉帶，至於其他，下官什麼都不知道。」

梁師成欣賞地望了王黼一眼，道：

「也不用藏著掖著，這就是御帶，是陛下的御用之物，這條御帶呢，咱家看著喜歡，就悄悄地從宮裏頭帶了出來，嘿嘿……，宮裏頭已經報失了，這條御帶，就贈給沈傲吧，就當是咱家送給他的年關大禮。」

王黼眼眸一亮，道：「下官明白了，恩府先生放心，有了這御帶，下官辦起事來就順手多了。恩府先生好好歇養著，下官這就去把差事辦了。」

梁師成打了個哈欠：「歇？哼，哪有這樣容易，咱家是奉了官家的旨意，要去探望安寧帝姬的，等你拿了沈傲，咱家後腳就去。探了病，咱家還要回宮繳命，今兒個是年關，宮裏頭離了咱家，還不知會變成什麼模樣。」

王黼笑呵呵地道：「說的是，不說宮裏頭，就是朝廷，也離不得恩府先生的。」

國公府裏其樂融融，有了那一場突發的事變，倒是令所有人親近了許多，一大家子人在景湖深處嘗著蔬果，賢妃娘娘面西而坐，與周正恰好相對，面帶溫和的說了幾句話，都是回憶些從前的時光，對那未出閣的日子，想必頗爲懷念。

那小女孩兒則是抱著沈傲送她的布偶獨自玩耍，身子倚著母妃，全神貫注極了。

周若、周恆二人一邊陪著賢妃說著話，有時夫人插幾句口，相處得倒是合宜。

唯有那安寧公主，倚在那涼亭欄杆處，望著那結了一層冰霜的湖面出神，原本她身體孱弱，由著賢妃的意思，是教她在閣裏歇著的。不過她精神略好了一些，也想出來看看，沈傲又在一旁說，她這種病更該出來走走，呼吸些新鮮空氣，這才作罷。

安寧公主似是思緒飛了極遠，一雙眸子升騰出重重水霧，突而喃喃念道：

「風沙黯、萍飄散、亂紅殘夜已闌。月影淡、莫憑欄。昔時歡、曾相伴、終成幻。訴情難、望君還、望穿無限山。三月日光細風剪柔腸，七重宮牆平生難自量，舊時荒涼月色在瀟湘……」

她低聲吟唱，倒是教大家都停止了絮叨，靜下心來聽這淒婉的曲兒。這曲意哀愁綿綿，曲聲如夢似幻，置身在這銀裝素裹的園林之中，天色將晚，一抹斜陽灑下餘暉，空氣中薄霧騰騰，令人扼腕傷神。

沈傲依稀記得，這首曲子講的故事是唐高宗和武則天的五子李弘，自李忠被廢，而立為太子；李弘身體欠佳，卻天資聰穎，勵精圖治，體恤民心，深得高宗喜愛。他與其妻裴妃未誕一子，卻與相伴十四年的書僮青蒲私交甚好，釀酒賦詩賞花燈。因武后奪權心切，便將李弘毒殺於寢宮，青蒲後溺於宮中凝碧池，舉國同哀。

這首曲兒雖然作得好，可是……可是……沈傲臉色現出些許怪異之色，這曲意中說的可是玻璃之愛啊，太子是男的，書僮青蒲說穿了，只是個孌童罷了，曲兒雖好，可是這曲兒的背景由公主唱出來，教沈傲有點兒無語。

唱到一半，安寧陡然一陣輕咳，已是氣喘吁吁，賢妃連忙撫著她的背道：「安寧，現在大病初癒，這曲兒還是留著往後唱吧。」

安寧回眸，嚶聲嗯了一聲，眼眸落在哭笑不得的沈傲處，低聲道：「沈公子認為，我唱得曲兒不好聽嗎？」

沈傲連忙正色道：「好聽，好聽，帝姬唱出來的曲兒，直比天籟之音，這淒切的詞兒經由帝姬口中唱出，更添幾分惆悵。」

他小小的拍了一下馬屁，便看到周若的眼神向這邊看來，後頸有點兒發冷，立即住嘴，不再發揮了。

安寧輕聲一笑，道：「沈公子過獎了。」

正在這時，劉主事匆匆地小跑過來，表情凝重地道：

「見過娘娘，見過帝姬、公爺、夫人，府外有禁軍求見，說有緊要的事通報，現在就在前院，要親自見公爺和表少爺。」

周正面露不快，道：「什麼緊要的事，那人可曾說了嗎？」

劉文喘了幾口氣道：「說是事關表少爺的安危。」

周正望了沈傲一眼，眸光隨即一凜，道：「叫他進來。」

劉文轉身去了，過不多時，鄧龍和一個戴著范陽帽的禁軍虞侯並肩過來，那虞侯恭謹地朝眾人行禮，正色道：

「不知哪位是沈公子？」

沈傲道：「我是。」

虞侯望了沈傲一眼，眼眸中露出些許欽服，那一日在宮中，沈傲棒打泥婆羅王子，可是被當值的禁軍看了個清楚，回到營房之後，自然廣爲傳播，沈傲那一番舉動，做了他們這些粗漢子想做卻又不敢做的事，尤其是替指揮使大人報了一箭之仇，這一筆賬，倒是有不少人記得。

「沈公子，大事不好了，有人在公子的國子監宿舍中尋到了一條御帶，少宰王黼大人聞之，已趕到國子監，又派人知會了三衙太尉高大人，說公子偷竊宮中御用之物，是為大不敬，有謀逆之嫌，因而欲調派禁軍前來拿捕問罪。我家殿前指揮使受沈公子恩惠，不忍公子遭人構陷，特教小人前來知會一聲，請公子及早做好準備，想好應對之策。」

這一句話道出來，當真是驚煞了眾人，沈傲此刻卻是出奇的冷靜，御帶？別說他偷竊私藏，就是連見，他都未曾見過，這背後，一定有人誣陷，只是這誣陷的手段也太拙劣了，一條御帶就可以治我的罪？這背後，到底又有什麼安排？

絕不可能如此簡單，能動用御帶構陷，就足以說明背後之人，一定擁有極大的權勢，以至於連國公都不放在眼裏。

沈傲不由苦笑，近來有些流年不利啊，好好的年關，卻遭人栽贓陷害，還是令人聞之色變的謀逆大罪，一個不好，那真要殺頭了。

「什麼？」周正霍然而起，道：「休要胡說，謀逆？哼哼，沈傲只是監生，謀逆？這背後，定是有人栽贓。」

虞侯連忙道：「我家殿前指揮使大人聞之，亦覺得這背後有人栽贓陷害，否則縱有天大的膽子，也絕不敢爲反賊報信，殿前指揮使大人說了，高太尉已令侍衛親軍步軍司率一隊親軍會同少宰大人前來提人，誰能調動禁軍，這汴京城裏有這手段的，一隻手便可數過來，請公爺和沈公子自己思量、思量。」

周正突然冷靜下來，眼眸中掠過一絲疑色，道：「知道了，來人啊，給虞侯大人準備些賞錢，年關到了，過個好年吧。」

虞侯道了謝，與鄧龍轉身而去。

這涼亭中，瞬間安靜下來，謀逆，御帶……這兩樣事物聯繫起來，倒也說得通，可是若說謀逆之人是沈傲，卻又完全說不通了。

一個監生，御帶從哪裡來？又憑什麼去謀逆？如此事關重大的御帶，卻將它放在國子監的監舍裏，汴京第一才子，真有這樣愚蠢？

可是爲什麼有人用這麼拙劣的辦法栽贓呢？須知就算將他押入獄中，等官家聞知，早晚也會將案子查個水落石出，到了那時，對於沈傲來說，也不過是虛驚一場的事。

除非……

周正冷笑一聲，栽贓陷害竟到了祈國公府來了，真是有意思，他陡然想起一件事來，方才沈傲說了一句話，那一句話是什麼？金丹有毒。

隨即，周正便想起了一個人。他明白了，周正發出森然冷笑，這個笑容，教賢妃和夫人見了，都不由冷寒，平時的國公溫文爾雅，雖是嚴厲，卻絕不會如此猙獰。

沈傲道：「姨父，這件事……」

國公按住他的肩，叫他重新坐下：「以你的聰慧，想必也知道這背後之人是誰，你不必說什麼，我自有主張。」

這個一家之主，確實表現出了出奇的氣度和冷靜，沈傲謀逆，若是被人坐實，那麼對於祈國公府亦有影響。在這個時代，老子犯法，兒子充軍，二人雖認了遠親，可是只這一條，也足以令祈國公府產生軒然大波了。

周正正色坐下，朗聲道：「我一向教導恆兒，他雖是公府世子，到了外頭，卻不能欺人，欺人者人恆欺之，這是千古不破的道理。我們能有今日，皆賴祖宗和天子的恩蔭，這些年來，倒也並沒有出過什麼大事。可是今日……」

他厲聲道：「既有人欺上了門，須知我周某人也不是好惹的，他們要耍弄手段，周某人奉陪到底。」

「劉文……」

劉文在一旁聽得心驚膽戰，國公爺平時和和氣氣的，今日這番模樣倒是令他生出駭然，連忙道：「請公爺吩咐。」

「立即叫人知會衛郡公，不要說什麼，就把方才那虞侯說的事轉述一遍。」

劉文會意，頷首點頭：「小人省得，這就去報信。」

衛郡公與祈國公相交莫逆，不但是因爲家族的淵源，更是兩家的利益早已綁在了一起，周家的利益被人觸動，石家同樣要蒙受損失。

劉文不敢耽擱，旋身走了。

短暫的沉默之後，周正凝望賢妃，道：「娘娘，能救沈傲的，唯有陛下一人，我和衛郡公能做到的，只有拖延時間罷了。」他朝賢妃拱了拱手，凝重地道：「娘娘難得回家一趟，只怕……只怕……」聲音略有哽咽，咬牙道：「請娘娘立即回宮，將此事稟知陛下。」

賢妃頷首：「事急從權，本宮分得清輕重，來人，這就擺駕吧。」

隨來的內侍紛紛道：「鳳駕回宮。」

眾人紛紛站起要去相送，一直送到前院，賢妃旋身回眸，去望沈傲，只見沈傲臉色坦蕩，並無畏懼，招手叫他過來，道：「沈傲，你不必擔心，只要回稟了官家，官家必能還你個清白，你好生待著，哪裡也不要去。」

沈傲頷首點頭，道：「怕倒是不怕，只是有勞娘娘，學生心中不安。」

賢妃淺笑：「這些話就不必說了，你好自爲之吧。」

已送到了周府門口，鳳輦抬起，各種儀仗紛紛舉起，恰在這個時候，一隊禁軍卻是熙熙攘攘過來，只聽一個高聲道：「莫要放走了反賊。」

一聲令下，眾人紛紛呼應，片刻功夫，這街頭街尾，便圍了個水泄不通；放眼望去，馬嘶人吼，無數個戴著范陽帽的禁軍持槍帶矛，遠遠地在周邊警戒，倒是做足了緝拿反賊的樣子。

只是這些禁軍雖然圍住了街巷，卻不敢往國公府靠近一步，他們自沒有膽子衝撞國公府，此刻一人騎馬排眾而出，身後數十名刑部差役尾隨其後，徑直向公府過來。

來人正是王黼，得了梁師成的授意，王黼自也明白，自己能有今日，全仰仗梁師成的恩賜，今日縱然要面對的是祈國公和宮裏的娘娘，他也要硬著頭皮效這個勞。

他放眼眺望，遠見祈國公府門口的鳳駕，心裏頗有些心虛，連忙下馬，步行帶著差役過去，及至門口，立即莊肅下拜：「臣王黼見過賢妃娘娘。」隨即長身而起，又是看著周正，拱了拱手：「周公爺，多日不見，公爺神采如昔，可喜可賀。」

賢妃畢竟是女眷，此刻頗有些失措，抿了抿嘴，道：「王大人，你來做什麼？」

王黼笑道：「因受人檢舉，有人在沈傲沈監生的監舍中發現御帶，事關重大，下官前來捉拿反賊沈傲，擇日會審。」

先是加了個謀逆大罪，倒是教賢妃一時無話可說，這王黼擺出一副公事公辦的模樣，確也無懈可擊；發現有人私藏御帶，這已是驚天的大案，前禁軍和差役前來拿人，擇日會審，誰又能說什麼？

賢妃一時語塞，周正在後冷冷地道：「王大人，只憑一條御帶就可斷人謀逆？一個監生，又從哪裡得來御用之物？」

王黼微微一笑：「公爺問得好，實不相瞞，下官也覺得這案中有隱情，沈公子或許是冤枉的也不一定。不過國有國法，既然御帶出現在沈公子的監舍，將他羈押起來，再上報官家，由官家決斷，也是常理。不知這沈傲在哪裡？請他出來吧。」

王黼的話無懈可擊，讓人一時找不到反駁的話，他的身後，幾個差役已是躍躍欲試，要擁上去拿人。

「公爺，進府搜索，依本官看來就大可不必了，還是叫沈傲老老實實出來，隨我們走一趟吧。」

周正微微笑道：「王大人，你身爲少宰，這拿人的事，怎麼要親自來跑腿了？你方才也說過，國有國法，按律，就是要拿人，這是大案要案，自該大理寺來定奪才是。」

王黼臉色驟變，冷哼一聲，心知這周正是在拖延時間，另一方面，那大理寺與周正有著千絲萬縷牽連，人若是拿去了大理寺，要想動手可就難了，便道：

「周正，你好大的膽子，你世受國恩，卻包庇重犯，這是什麼緣故？來人。」

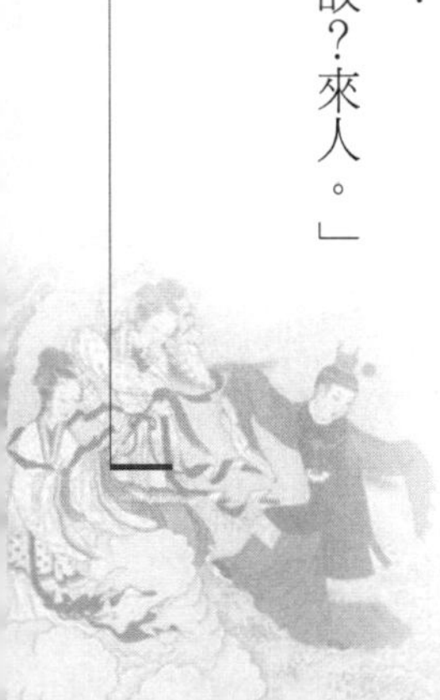

眾差役紛紛道：「大人吩咐。」

王黼道：「將沈傲搜出來。」

箭在弦上，不得不發，既然來了，王黼就絕沒有空手而回的道理，反正這國公一向瞧自己不起，和他早就不合。哼，今日不給他三分顏色，姓周的還不知這少宰的厲害了。

勳位上，王黼自比不過周正，可是在朝廷裏，王黼手掌大權，代蔡京之政，卻也不是好惹的。

眾差役紛紛應諾，就要衝進去。卻聽到賢妃冷聲道：

「本宮倒是要看看，誰敢動周家一草一木，你們好大的膽子，敢在本宮面前放肆？」

王黼冷笑道：「娘娘定是被人蒙蔽了，這周府中藏著反賊，娘娘便在這裏，若是那反賊欲對娘娘圖謀不軌，我等豈能坐視？食君之祿，豈可令娘娘涉險？叫人來，請娘娘上鳳輦，速離此地。」

他這句話可謂聰明至極，娘娘得罪了就得罪了，宮裏的娘娘也不是一個兩個，可是梁公公卻只有一個。只要自己滿口正義之詞，咬定了府裏頭有亂黨，大義凜然的請人教賢妃離開，誰又能說什麼？

這話道出，那禁軍之中竟有七八個健婦出來，及至府門，朝著賢妃行禮，道：「請娘娘上輦。」

這一下倒是令人措手不及，原來這王黼早有準備，竟是連婦人都準備好了。

賢妃大怒，張口欲言，卻聽到周正朝她深望一眼，道：「娘娘速回宮裏去，切記爲兄的話。」

只有官家儘快過問此事，這件事才能水落石出，賢妃頓時會意，對著周正扯出一個淡笑，拉著兩個帝姬，上了那帷幔鳳輦去了。

鳳駕徐徐而去，王黼心中大喜，天色漸晚，那一抹斜陽灑落下來，天穹一片金黃，王黼望了望天色，心裏想：「不能再拖延了，遲則生變。」面色一冷，對差役道：「進去搜。」

「且慢！」沈傲排眾而出，笑呵呵的道：「我在這裏。」

王黼上下打量了沈傲一眼，冷哼一聲：「你便是沈傲？」

沈傲笑道：「我就是沈傲。」

王黼冷笑：「好極了，你若是識相，老夫也不綁你，隨老夫走一趟吧。」

幾個差役已經提著棍棒要上前去，眼前這個弱不禁風的少年，原來就是反賊，這可太好了，拿下了他，就是大功一件。

沈傲連忙道：「且慢，有些話還是說清楚的好，王大人冤枉……」

「不是冤枉，是尋到了物證。」王黼斷喝道。

沈傲點頭：「對，對，王大人尋到了學生謀反的物證，只是這物證可帶來了嗎？」

王黼冷笑：「隨我到了刑部公堂，自然會把物證給你看，不要再耽誤時間了，隨我走吧。」

沈傲呵呵笑道：「隨大人走自然是要走的，不過嘛，請大人告訴學生，大人要帶學生去哪兒？」

王黼怒道：「自是去刑部，來人，拿下。」他已是不耐煩了，更不敢耽擱，在國公面前拿人，自然是將自己推到了與祈國公水火不容的地步，可是這個時候，也顧不了許多。

「且慢。」街尾的盡頭，一隊人騎著馬遠遠過來，禁軍竟不阻攔，紛紛讓出一條道路，王黼瞥眼望去，不是衛郡公石英卻又是誰？

石英騎著馬，身後卻是一大群的差役，只是這差役公服，與王黼帶來的略有不同。石英臉上帶笑，風輕雲淡的下了馬，道：

「王大人，據說國公府藏有反賊？」

王黼道：「沒錯，就是這個沈傲，來人，帶走。」他突然預感到不妙，石英為什麼會突然出現，莫非他有千里眼、順風耳？一定是有人通風報信了，不好，沈傲這個人，無論如何也要帶走。

心中一驚，此刻反倒鎮定下來，對身邊的差役低聲道：「叫王指揮使隨時做好準備，這人，我們一定要帶走。」

那差役點點頭，立即去巷尾處報信去了。

石英慢慢踱步過來，道：「好極了，來人，立即將沈傲帶走，去大理寺，既是謀逆大案，自該是大理寺署理。」

這話一出，身後的差役紛紛拔出刀來，只是這刀對著的到底是沈傲，還是王黼，就不得而知了。

王黼怒道：「郡公，罪證可都在刑部大堂，更何況，天色已晚，這犯人只怕一時也審不了，需先到刑部大堂關押才是。」

大理寺只負責審判，牢獄卻是沒有，石英笑道：

「這是什麼話？既是大案，自是要連夜審問的好，帶回去。」

大理寺差役正要動手，王黼厲聲道：「誰敢！」

他身後的刑部差役紛紛拔刀，雙方雖是劍拔弩張，卻都是心虛不已，一邊是少宰，一邊是郡公，這兩方都不能得罪啊。

兩方僵持著，一時竟是沉默。

第八一章
點睛之作

若是尋常的畫師，潑墨下來畫了這靜景，那幽深高壑之間，

再去畫一隻惡犬，難免有些畫蛇添足，

可是這幅畫的惡犬卻恰成了點睛之作，由惡犬引出了背後的靜謐，

而靜謐之中，似又有山雨欲來之感。

恰是這個時候，卻聽到一個好聽的聲音道：

「誰敢攔我，我是清河郡主，手裏拿著的，乃是官家的聖旨，你們要造反嗎？咦，對了，你們圍著這宅子做什麼？」

這一句話道出，那些禁軍竟是無語。

帶隊的虞侯笑呵呵地過去，再裝不出肅然的樣子，又是拱手又是點頭，道：

「原來是郡主，得罪，得罪，郡主若是帶來了聖旨，能否請讓末將看看？」

來人正是趙紫蘅，這趙紫蘅挺著胸脯瞪著虞侯道：

「爲什麼給你看，聖旨又不是給你的，你好大的口氣啊，快讓開。」

虞侯無語，向身邊的人望去，禁軍們卻都不敢作出決斷，紛紛將臉撇到一邊。

「好，郡主請。」虞侯咬了咬牙，禁軍自動分出一條道路，讓郡主帶著幾個護衛過去。

這條被封鎖的長街之上，心情最輕鬆，腳步最輕快的，就非趙紫蘅莫屬了，踱步到了府前，見了這麼多人，她也一點都不害怕，被禁足了這麼久，憋得太狠，此刻在她眼裏，天是藍的，雪是白的，就是空氣，也比王府裏清新得多。

「咦，石叔叔，你們這是在做什麼？哇，竟還拔刀了？是要抓捕人犯嗎？好極了，快抓給我看看。」

這一句話，頓時令所有人無語，那些差役手裏提著刀，放又不是，不放又不是，尷尬極了。

就是石英，那板著的臉不知是該緩和下來的好，還是繼續保持威懾的好，尷尬地道：「紫蘅，你怎麼來了？這裏豈是你玩耍的地方，快走。」

趙紫蘅瞪著眼睛，道：「我是來傳聖旨的，可不是玩耍，沈傲……沈傲……快給我出來……」她目光逡巡，總算看到那熟悉的身影了，笑吟吟地走過去。

沈傲撓撓頭，笑道：「哈哈，郡主，你好像來的不是時候，你不要過來……不要過來……」連連向後退，道：「我是反賊，會作亂的。」

「反賊？」趙紫蘅眼眸中升騰出水霧，很是疑惑的搖頭：「你是反賊，那我就是威武大將軍，大膽反賊，還不束手就擒？」

沈傲快笑死了，方才眼見雙方爲了自己爭鬥不休，他心知自己人微言輕，這個時候說話，實在不合時宜。只是，這小郡主倒是來的正是時候。

「在小郡主面前束手就擒，似乎比這些差役拿走的好！嘿嘿……」

沈傲心裏一想，感覺那胸口的悶氣一下子吐出來。若說他方才不害怕，那是假的，他不但怕，還怕得要死，可是現在，他突然明白，自己怕什麼？他娘的，管他是誰，誰要是敢來惹老子，老子大不了和他拼個魚死網破。要鬧，那就跟你鬧個大的，看你怎麼收場。敢置我於死地？就算要死，也要拉個人墊背。

有了這個想法，頓時哈哈大笑，舉起雙手道：

「郡主饒命，學生是清白的，學生還很純潔，郡主明察秋毫，一定能為學生伸冤昭雪。」

這一句胡說八道，倒是教人嚇了一跳，王黼臉色頓變，心想，這個沈傲是怎麼了？莫非是因為郡主來了，自以為有了依仗？不對，不對，賢妃娘娘、郡公都在，也不見他如此囂張，莫非是另有目的？

這一想，便難免鑽入死胡同裏去，一時倒是警惕起來，心裏在想：「梁公公啊梁公公，你不是說後腳要來國公府嗎？為什麼還沒有來，下官已經頂不住了，您老人家不出馬，只怕今日是別想善了。」

趙紫蘅被逗得咯咯的笑，隨即又正色道：「喂，喂，不許嬉皮笑臉，快跪下，接旨意。」

「這才是本公子的本色啊。」沈傲心裏感嘆一聲，連忙道：「學生接旨。」雙膝卻不跪下。

趙紫蘅也不管了，朝後頭的隨從吩咐一聲，隨從們立即拿出一卷紙來，趙紫蘅道：「官家說了，讓你立即將這畫送給你師父，讓他好生看著，立即畫一幅畫送到宮裏去，不可再像從前那樣耽擱了時問……」

沈傲笑呵呵的道：「且慢。」

趙紫蘅怒道：「且慢什麼？你敢違背旨意嗎？不許打斷我說話。」

沈傲高聲道：「不是學生要打斷，實在是迫不得已啊。郡主，我老師他……他……」沈傲嘆了口氣，搖頭不語。

趙紫蘅嚇了一跳：「怎麼？你師父怎麼了？」

沈傲繼續嘆氣：「他被人誣爲反賊，不日就要下獄，哪裡還有功夫給你作畫？回去告訴皇上，就說是我師父他老人家有負聖恩，再不能和他作畫交流了。」

趙紫蘅蹙眉，道：「誰敢誣他爲反賊？是誰？」

沈傲手指著王黼：「不敢欺瞞郡主，是這位王大人，郡主，你千萬不要爲難王大人，更不准去向皇上告狀，這王大人也是秉公辦事，多半是受了一個死太監授意，這個太監是誰呢……哎，不能說，不能說，死太監權勢滔天，學生得罪不起。」

既然已經到了水火不容的地步，沈傲此時也不再將那什麼死太監放在心上，要玩，那就拿命去捨命一玩又如何？兩世爲人，他已是夠幸運了，事情既然躲不過，那他也不是好惹的，他就是罵那背後的王八蛋死太監又如何？

趙紫蘅瞪大眼睛：「你說的莫不是楊戩楊公公？楊公公人很好啊，待我也不錯，方才還是他給我傳旨意，讓我來送畫呢。」

沈傲板著臉道：「不是楊公公，是一個姓梁的。」

這話出來，王黼臉色一變，心知以這沈傲的聰慧，早已猜出了自己的幕後之人，心想：「這沈傲是斷然留不得了。」

趙紫蘅道：「莫非是梁師成？他也很好啊，見了我總是笑。」

沈傲道：「郡主實在是太聰明了，猜了兩下就猜中了。」心裏腹誹：「猜了兩下，還提示了一個姓梁的，真是笨得可以了。」又道：「反正，我師父是不能再作畫了，郡主，你請回吧。」

趙紫蘅道：「就是他謀反，也要他先畫了畫，送進了宮裏再下獄。這是官家的旨意，難道有人想抗旨嗎？」

沈傲翹起大拇指：「郡主果然非同凡響，這一句話震耳欲聾，這個主意好，先作畫。」他叉著手，笑呵呵的對王黼道：「死太監的走……啊，不，王大人，你認爲郡主方才所說的對不對？」

王黼冷笑道：「你師父是誰，老夫爲何沒有聽說過？」

沈傲冷笑道：「學生只問大人，郡主說的對不對？」

眼見郡主咄咄逼人望過來，王黼心裏叫苦，這個郡主不好對付啊，不管是賢妃還是郡公，雖然比之郡主說的話更有用，可是這二人畢竟還投鼠忌器，只要自己占住了道理，他們斷然是攔不住自己的。可是這郡主，在汴京城卻是出了名的刁蠻，自己若說個不字，她要是一口咬定自己抗旨不遵，那可不好玩了。

眼珠子一轉，道：「抗旨？請郡主將旨意拿出來下官看看，若是真有旨意，老夫自然無話可說。」

郡主哪裡帶了什麼旨意，不過是口頭傳話罷了，生氣道：「這旨意是楊公公宣讀的，一點都沒有錯，怎麼？你不信？那好，叫楊公公來對質。」

這一句的聲勢，比之方才更是駭人，王黼心中苦笑，怎麼轉眼之間，又將楊公公捲入進來，這個楊公公卻是萬萬不能得罪的，王黼心裏明白，自己是外臣，外臣得罪了外臣，最多也不過是牽扯不清罷了，可要得罪了那位內相，可就不得了了，楊公公在宮裏頭可不比梁公公弱勢。

他咬了咬牙：「沒錯，就算是反賊，既然官家已下了旨意，那先作畫出來再下獄也不遲。」

他已打定了主意，事情鬧到這個地步，這件事已不是他能處置的了，現在唯一的辦法就是等，等梁公公來了，再做處置。

一個祈國公的遠親，卻是鬧到這個地步，王黼是斷沒有想到，先是不知有誰通風報信，叫來了郡公，郡公這邊還沒有扯清，郡主又聲稱得了聖旨，這哪一邊都不好惹啊。就說這郡主，在她的背後，則是晉王，是整個宗室，一旦陷進去，可就不好玩了。

沈傲呵呵一笑道：「這就好極了。」他深深吸了口氣，雙手叉腰，大笑道：「實不相瞞，我這位師父，其實就是學生自己。」

「實不相瞞，我的老師就是我自己。」這些話在許多人聽來，雲裏霧裏，不知沈傲賣的是什麼關子；可是這句話在趙紫蘅聽來，卻是嚇了一跳。

「你……你說什麼？」趙紫蘅難以置信地盯著沈傲，眼眸裏有著澤澤光輝閃動。

這怎麼可能？這個酸秀才，滿口胡說八道的傢伙，怎麼可能作出那驚爲天人的畫作？

不可能，不可能，這個騙子，他就會胡說八道，總是騙她，她才不能相信他。

沈傲看出趙紫蘅的心思，加重語氣道：「我就是祈國公府的那個畫師，那些送給郡主的畫，都是我親自畫出來的，郡主若是不信，我立即就畫給你看。」

趙紫蘅更是不相信自己的耳朵，他說他就是那個畫師？不是陳濟陳相公嗎？趙紫蘅抬眸，看到沈傲那張充滿自信微微含笑的臉色，斜陽餘暉灑落，這副像要吃定她的樣子，說不出的令她討厭。

不可能，不可能！趙紫蘅心裏不斷的和自己說，可是眼眸中既透了些不自信，又有一絲茫然，轉念想道：

「糟糕，從前他總是說那些畫哪裡不好，自己卻總是說這畫如何的出眾，若他當真是那畫師，我這樣說，他是不是一直在取笑我？啊呀，上了這惡賊的當了，他故意說畫不好，便是要教我誇他讚他。」

想到這裏，趙紫蘅的俏臉上生出些許緋紅，心裏默念：「但願他方才所說都是騙人的。這個惡賊，只會作酸詩的破秀才，誰稀罕他嗎？哼，一定不能再教他笑話我。」

沈傲呵呵笑道：「郡主，我們是在這裏作畫呢，還是進府裏去畫？」

他這句話雖是向趙紫蘅說的，矛頭卻是指向王黼。

王黼臉色頓變，心知眼下是動不得強了，自己現在所面對的，是宗室和勳貴兩大勢力，這些勳貴倒也罷了，自己身爲少宰，又有梁公公撐腰，捋捋虎鬚至多不過和他們扯皮而已。可是宗室卻是不同，汴京城的宗室雖大多並不過問政務，更不干涉朝廷，可是這並不代表他們好欺負；誰敢觸動他們的利益，敢伸手欺負到他們頭上，這後果可要王黼自己掂量，鬧將起來，就是梁公公也保他不住。

王黼冷哼一聲，道：「你既涉嫌謀逆，卻又接了聖旨，這樣吧，我隨你進去，看著你作畫。」

他倒是一點兒也不客氣，朝身邊的差役打了個眼色，負手進去。

沈傲從容一笑，倒也不拒絕，一干人一道進入前廳。

周正教人斟茶，唯獨不叫人送到王黼那裏去，王黼的臉色看起來古井無波，一副不以為意的樣子。

叫人擺上桌案，沈傲先攤開趙紫蘅送來的畫，觀摩一番，便被這畫風吸引住了，這幅《橙黃橘綠圖》一看便是趙令穰的手筆。

趙令穰在後世比之趙佶並不出名，倒並不是他的畫技及不上趙佶，非但如此，在畫風上，趙令穰的造詣只怕還在趙佶之上，只不過趙佶是皇帝，而他只是宗室，有了這層關係，趙佶的名氣遠遠要大得多，畫價也由於御作的緣故，比之趙令穰高了整整一倍不止。

《橙黃橘綠圖》最大的特點在於意境，乍眼一看，那畫彷佛連空氣裏都瀰漫著微潤的甘甜，吸引三三兩兩的水鳥，自在地悠遊在汀渚之間。幽靜、迷濛的景境和畫中隱約的柔美，令人悠然神往。

沈傲吸了口氣，倒是不再去計較什麼謀逆，什麼死太監了，全神貫注地望著這幅畫。

半晌，忍不住地叫了個好字。隨即又去看畫下的題跋，題跋上題著一行小詩：「一年好景君須記，正是橙黃橘綠時。」雖只有一闕，可是這題跋配上此畫，卻是極為恰當。

吸了口氣，沈傲全神貫注地默想起來，一雙眼睛直勾勾地落在畫上，陡然哈哈笑道：「這幅畫，我就不模仿了，令穰先生的畫，學生很是佩服。」

取了筆墨，鋪開一張紙，沈傲提筆，卻遲遲不落。周遭的人此刻雖是心念繁雜，可是見他認真的樣子，彷彿一下子進入渾然忘我的境界，外界的一切事物，似乎都與他沒有了干係，非但是周正、石英、趙紫蘅，就是王黼，此刻也存了幾分好奇之心，他倒是要看看，這小小監生，到底要畫出個什麼來。

過不多時，沈傲終於下筆，筆尖沾著墨汁兒一落，趙紫蘅便忍不住道：

「你當真是那畫師？」

趙紫蘅浸淫作畫日久，雖說畫技遠遠達不到大師的境界，可是眼力卻是極好的，只看沈傲落筆之處，那佈局大張大闔，竟是選了最難的畫法，這種佈局若是畫得好了，自是傳世的佳作，可是一旦筆力不濟，則整幅畫必然大打折扣，沈傲從這裏下筆，除非是他不自量力，否則，唯一的可能就是他的畫技已經精湛到宗師境界。

落筆之後，沈傲迅的作出底色，這幾下輕描淡寫的勾勒，暫態之間，一座小院的輪廓便展露在眾人眼簾。

衛郡公石英是懂畫的，只看這幾下落筆，便一下子把方才的事忘了，忍不住捋鬚連連頷首，道：「如此畫風倒是罕見，這樣下筆不但灑脫，且不失細膩，難能可貴，難能可貴……」

趙紫蘅眼眸似是要穿透這畫紙，眼睛一眨不眨，更是如癡如醉。

這樣的作畫風格，她是從所未見，單這底色背景便可看出沈傲的功力，忍不住叫好一聲。

王黼心裏冷笑，原來還道這小小監生是借畫畫之故拖延時間，只要拖延這一夜，明日便極有可能夜長夢多。不過現在看沈傲的樣子，倒是頗有幾分一氣呵成的氣概，這就好極了，最好三兩個時辰之內將畫作好，只要梁公公一來，立即將他押走。

王黼正在思量著，卻冷不防聽沈傲道：「王大人不要動。」

呼聲傳來，王黼回神，面容一窒，卻看到沈傲一邊提筆，一邊卻是上下打量自己，口裏嘖嘖稱奇，道：

「王大人如此丰姿，教人心曠神怡，這畫是要奉上去給官家御覽的，王大人身爲少宰，自不能壞了官家的雅興，且不要動，讓學生將你畫入畫去。哈哈，如此一來，官家見了畫中的王大人，一定拍案叫絕。」

王黼大怒，道：「你胡畫什麼？」

「咦？」沈傲擱下筆，道：「王大人這是什麼道理？這是官家指名要的畫，你身為臣子，協助學生作畫是應盡的本分，大人這樣說，那麼學生這畫，只怕就作不下去了，算啦，算啦，不畫啦，本公子江郎才盡，沒有靈感，王大人又不配合。」

沈傲搖著頭，很灑脫的繼續道：「這就去刑部吧。」

趙紫蘅看這畫作到一半，已是欲罷不能，便立即朝王黼道：「王大人，沈傲說得一點也沒有錯，官家要沈傲作畫，你該配合才是，這才效忠。若是耽擱了作畫，你吃罪得起嗎？哼，平時你們這些人，一個個都說對官家忠心耿耿，怎麼事到臨頭，卻又是一番嘴臉？不行，這畫一定要作下去，王大人，你不許動。」

王黼被這郡主整得當真沒有辦法，所謂一物降一物，沈傲吃定了這郡主，這郡主卻是吃定了他王黼，這郡主也是口齒極伶俐的人，三言兩句，都離不開聖旨和官家，這樣大的帽子戴下來，他還能說什麼？

王黼氣沖沖地冷哼一聲，雖未表態，卻當真不動了。

沈傲呵呵一笑，又去提筆作畫，一邊畫，一邊朝王黼這邊望來，那眼神自是不懷好意極了，王黼心裏又怒又急，卻一時間作聲不得，心中已經恨極了沈傲，不斷地在心裏冷笑：「哼，看你能囂張到幾時，作完了畫，本大人親自來教訓你。」

趙紫蘅看著沈傲作畫，卻已是咯咯笑起來，這一笑，連帶著一旁的周正和石英都忍不住莞爾。

王黼不知沈傲畫的是什麼，眼睛伸直了去看，可是他距離那几案頗遠，看不真切。

這一畫，就是足足一個時辰，沈傲或去看王黼，或是沉思，或是提筆，反反覆覆，終於呼了口氣，將筆擱下，道：「大功告成。」

王黼踱步過去，一看，臉色已化作了豬肝色，那小院的背景之前，畫的卻不是他王黼，而是一條惡狠狠、似要撲上前去的惡狗，那惡狗脖間拴了一條繩兒，卻似又要掙脫，眼眸兒目露凶光，彷彿下一刻就要撲上去一般。

「你……你……」

王黼明白了，這沈傲原來是將他比作狗了，他這是存心要給自己難堪的。

王黼哪裡受過這樣的羞辱，已是瞠目結舌地說不出話來，手指沈傲，怒中帶冷地道：「好，好……」哈哈……他陡然氣極而笑，齜牙冷笑道：「現在你是不是該跟著老夫走了？」

趙紫蘅見他這模樣，再去看畫，拍手笑了起來，這平時一副冠冕堂皇的王大人，到了沈傲的筆下卻成了一條看門狗，真是有趣極了。

沈傲亦是冷笑以對，道：「王大人且慢，本公子還未上題跋呢。」

沈傲負著手，悠閒灑脫地看著畫作，呵呵一笑，道：

「好一條……王大人，小樓庭院，幽深人靜，狗吠傳來，不勝其擾。郡主，你來看看，這畫如何？」

王黼臉色驟變，卻見周正和石英俱都臉上帶笑，更是怒不可遏。奇恥大辱，簡直是奇恥大辱！堂堂少宰，被這狂生比喻成了狂犬，這還是要呈送官家御覽的。

哼，好好一個沈傲，難怪梁公公要將他置於死地，這樣的人，碎屍萬段都不能令王黼解恨。

這個時候的王黼全然忘了，沈傲與他無怨無仇，他為了討好梁師成，卻是設下毒計，要將沈傲置於死地。

趙紫蘅目光落在畫上，這樣的畫風，她從所未見，畫面前景為青翠的山巒，後景則是一泓湖水，掩映其間；湖的後岸，又有淡墨、淡彩勾勒的院落。畫風細膩又不失曠達，如海浪般洶湧於畫面；清晰、謹飭的院落亭亭玉立在群巒和湖岸之間，整個背景優雅而靜謐，一望之下，心中忍不住生出沉醉之感。

庭院之前，畫風卻是陡然一變，那拴在庭院的惡狗，一副躍躍欲試、獠牙張起的模樣，眸中凶光畢露，似要掙脫繩索，又似是撲食前的最後一刹，全身繃緊，汗毛豎起，前爪翻騰，這動景與背後的靜謐相交在一起，一靜一動之間，卻沒有絲毫的凝滯，彷彿一切渾然天成。

「好畫！」趙紫蘅胸脯起伏，呼吸緊促，一時間渾然忘我，忍不住低呼一聲。

若是尋常的畫師，潑墨下來畫了這靜景，那幽深高壑之間，再去畫一隻惡犬，難免有些畫蛇添足，可是這幅畫的惡犬卻恰成了點睛之作，由惡犬引出了背後的靜謐，而靜謐之中，似又有山雨欲來之感。

沈傲哈哈笑道：「我將它取名叫《王犬狂吠圖》，郡主，你覺得如何？」

王犬狂吠？這名字有些古怪，不過……趙紫蘅回神，瞥了王黼一眼，心裏便明白了，這王犬是故意諷刺王大人了，呵呵，有趣，有趣，作畫還能有這麼多心計。

趙紫蘅看向沈傲，眼眸中生出些許迷茫，連連點頭：「嗯，嗯，這個畫名好。」

沈傲哂然一笑，又拿起筆，在落款處，卻是用起了瘦金體寫道：

「水流曲曲樹重重，樹裏春山一兩峰。茅屋深處人不見，數聲雞犬夕陽中。」

這詩摘抄的是清朝詩人鄭燮的名句，描寫的是山村的佳美清幽，流露出對安平盛世的嚮往；不過在此刻題這詩，卻又有用意，幽靜山河的靜謐小院前，卻是狗吠連連，破壞了這靜謐之美，這狗，自然就是王黼了。

王黼的心頭對沈傲自是怒不可遏，冷笑道：「沈公子，這畫既已作好了，可以隨老夫走了吧？」

沈傲卻是搖頭：「畫中還缺一隻王八，不好，不好。」

趙紫蘅道：「那你就趕快畫，我要看看，加了一隻王八上去，又是什麼模樣。」

沈傲遺憾地道：「可惜沒有參照，只怕不好畫，要是梁公公來了就好，請他作參照，學生的靈感只怕就要來了。哎，可惜，可惜。」

這話從沈傲的口中說出來，王黼更是驚得臉色鐵青，他這是指桑罵槐啊，是將梁公公比作王八，此人真是大膽極了。

他心中罵沈傲大膽，卻不知道，這大膽也是梁公公和他逼出來的，既然已經到了不死不休的地步，沈傲還有什麼好怕的？就是天王老子，既已下定決心要除去自己而後快，難道自己還磕頭求饒不成？將梁師成罵作是王八都已是輕了。

恰在這個時候，卻是傳來一道咯咯的笑聲道：「咦，這裏怎麼這麼多人，咱家似是來得不是時候。」

話音剛落，一個妖冶的太監穿著宮服漫步過來，臉上帶著如沐春風的笑容，卻是一副樸實忠厚的樣兒。

王黼一看，立即大喜，快步迎過去，恭敬地道：「恩府先生，您怎麼來了？」

梁公公哂然一笑，只是飛快地掃了王黼一眼，那眼眸中閃過一絲冷冽，顯是對王黼極不滿意。

接著，梁公公闊步上去，便笑吟吟地對周正、石英道：

「周國公、石郡公，咱家有禮了，咱家奉陛下之命，前來探視安寧帝姬，不知安寧帝姬在哪兒？」

石英、周正俱都是冷哼，事到如今，雙方亦沒有什麼好客氣的。

王黼連忙道：「先生，安寧帝姬已隨著賢妃娘娘回宮去了。」

「啊？」梁師成訝然一驚，眼眸卻沒有絲毫的詫異，很懊惱地道：「那麼王大人來這裏做什麼？為什麼這外頭有這麼多的禁軍？這又是什麼緣故？」

這是明知故問，王黼連忙將事情說了一遍，唯獨不敢說王八的事，梁師成笑道：「反賊作畫？有意思，讓咱家來看看。」

他倒是一點急於要將沈傲拿捕的樣子都沒有，彷彿眼前的事和他全然沒有干係。

沈傲嘿嘿笑道：「梁公公，這畫您老人家還是等下再看的好，現在最好不要動，讓學生來將你加入畫去。」

梁師成不明就裏，咯咯笑道：「好，好極了，咱家倒是想要看看你畫得像不像。」尋了個位置坐下，悠悠閒閒地道：「怎麼？國公爺，咱家來了，連一口茶水都沒有嗎？」

他面帶微笑，卻又似乎處處占著主動，旁若無人，頗有一股氣定神閒的手姿。

周正朝下人使了個眼色，下人們會意，立即端了一杯茶盞過去。梁師成接過茶，卻並不急著喝，只是捧在手心裏，翹起二郎腿慢吞吞地吹著茶沫。

王黼急了，那沈傲是要捉弄梁公公啊，這可如何使得？可是這話他又不知該如何出口，只能皺著眉頭侍立到梁公公一旁，一時無計可施。

見了這個模樣，任誰都對這王黼心生鄙夷，堂堂少宰，卻對一個閹人如此言聽計從，甘爲豬狗，非但是有辱斯文，已是不知廉恥了。

沈傲哈哈一笑，舉起筆來，又繼續全神貫注地作畫，時而瞄上梁公公一眼，時而呵呵笑著垂頭，只盞茶功夫，這畫終於落成了，小心翼翼的吹乾墨跡，將畫捧到梁師成面前，笑嘻嘻地道：

「請梁公公不吝賜教。」

梁師成只道是沈傲畏罪，想和自己套近乎，亦是笑吟吟地接過畫，口裏道：「咱家也是懂畫的，倒是要看看你畫得如何。」這一看，卻是迷糊了：「咱家在哪裡？爲何不在畫中？」

王黼急得抓撓著頭，卻又不敢去提醒，真是又氣又急。

沈傲氣定神閒地道：「梁公公再仔細看，明明梁公公就在畫中的。」

梁師成目光在畫中逡巡，卻是如何也尋不到一個人影，道：

「你來指給咱家看看。」

沈傲呵呵一笑，手指一落，卻是點住了那庭院湖畔的一隻王八，道：

「這不就是梁公公嗎？」

這話一出口，整個廳內霎時緊張起來，王黼急於表現，高聲道：「沈傲，你真的瘋了。」

梁師成卻是還沒有回過神來，自他受了官家的寵幸，這普天之下，還真沒有人敢摸他的老虎屁股，所以防範的意識並不強，等他明白過來，那笑容頓時凝滯，眼眸中殺機騰騰，咬牙切齒地將畫撕了個粉碎，扯著嗓子高聲道：

「帶走，帶走這亂賊，快。」

外頭的刑部差役已經要動手了，有了梁公公的命令，他們的膽子也大了幾分，紛紛吆喝道：「官差拿人，閒人退散。」

沈傲冷笑，高聲道：「對，沒有錯，快將這亂黨拿下，這幅畫，乃是皇上親自下旨索要的，梁公公果然是膽大包天，連皇上要的東西也敢輕易損毀，你這是什麼意思？是蔑視皇上的威嚴，還是試圖作亂？」

「郡主，你來看，這畫怎麼辦？」沈傲捏著一團粉碎的畫，很是肉痛的樣子，繼續道：「身為一個太監，一個閹人，按道理，本該好好的給皇上端著夜壺，伺候著皇上出恭也就是了，偏偏這位梁公公好大的架子，竟把自己當作了皇上，你看他這模樣，在國公、郡公、郡主面前還敢翹起二郎腿。這倒也罷了，就是皇上，他也不放在眼裏，學生斗膽要問，他這是要做什麼？這是大不敬啊。」

沈傲一張嘴，總是有說破天的本事，更何況是梁師成自己怒火攻心，把畫給撕了的，這畫可是聖旨明言索要的，相當於是皇帝的花石綱，花石綱是什麼？代表的是皇權的象徵，就這樣將它撕了，就是給他羅織一百條罪名，那也不為過。

第八二章
聖旨恐慌症

楊戩手揚著黃帛聖旨，先是看了沈傲一眼，見他無事，心裏便笑：

「看來咱家來得並不晚。」

沈傲心裏有些發虛，每次來聖旨都不是好事，害得自己差點患上聖旨恐慌症，這一次的聖旨，又不知要說什麼。

梁師成冷哼一聲，也心知自己方才過於衝動，一時竟是語塞，那些正要拿人的刑部差役一聽沈傲的畫讓梁師成給撕了，頓時氣勢又弱了下去，其實這些狗腿子，是最會察言觀色的，一看情況不對，誰敢輕舉妄動？

沈傲冷笑道：「這件事要查，要徹查！這是陰謀叛亂，郡公，此時人證物證俱在，大家都是親眼所見，這梁公公是當場撕了這畫的，如此膽大包天，真是世所罕見，令人齒冷。大理寺是不是該請梁公公去大堂審問一二，以防這梁公公真是亂黨賊子，若是一時失察，到時候若是借著閹人出入禁宮的方便，行刺了皇上，那可就追悔莫及了。」

梁師成此刻也頗有些色變了，自個兒要捉沈傲，可是此刻，石郡公仗著自己撕爛沈傲剛剛所作要呈給官家的畫爲因頭，就是捉自己去大理寺審問，也絕對令人無話可說，撕毀官家的畫，這件事可大可小，最大的問題是，會不會有人在這背後做些文章。

那大理寺是石郡公的地盤，一番審問下來，若是他們也來個先斬後奏，給自己按上一個畏罪自殺，那可當真是跳進黃河都洗不清了。

石郡公乃是功勳之後，是大宋的柱石，就算真來個魚死網破，到時候最多也只是拿幾個差役去頂罪，那他梁公公不是白白給人冤枉死了？

梁公公連忙瞪著沈傲道：

「你……你胡說，你這反賊，竟敢牽扯到咱家身上，你……你是什麼東西。王黼，你是少宰，你說，他該治什麼罪。」

不待王黼開口，沈傲步步緊逼，冷笑連連道：

「學生是不是反賊，現在還沒有定論，一條御帶而已，八成是被人栽贓陷害的，可是公公卻不一樣，這大逆不道的人證物證俱在，梁公公還要狡辯嗎？嘿嘿，走，我們一起到大理寺去說理去。對了，學生還有另一條證據，你煉製毒丹，試圖屠殺公主，這樁事你也別想賴，我的手上可有證據，就是叫公主來對質，你也討不了好。你先是想毒殺公主，現在又如此恣意妄爲，大逆不道，只這兩樁罪，去大理寺總要說出個明白來，梁公公……」

沈傲笑得很燦爛，娘的，死太監，玩栽贓？哥哥就是栽贓的高手，玩不死你，哥在前世早就被人挫骨揚灰了。

接著，沈傲正色道：「請吧。爲了防止大理寺的堂官們受累，不如這樣，公公自去大理寺受審，學生嘛，就委屈一趟，到刑部去。你我也算有緣了，一道兒大逆不道，一起受審，哈哈……」

這一聲大笑，在梁師成的耳中顯得刺耳之極，梁師成養尊處優，更是從未遇到有人對他這樣囂張過，別看他要起手段來狠毒無比，可是遇到沈傲這樣的愣頭青，卻是一點還擊的餘地都沒有。

像他這樣的大人物，心機何等深沉，現在的處境，倒頗有些秀才遇上兵的無力，因爲他從前的敵人與這個沈傲完全不同，也正因爲如此，原來的那一套竟是一時間使不上勁來。

沈傲已上前扯住了他，嘿嘿冷笑：「走吧，梁公公，不要再耽擱了。」

看著沈傲揪扯著自己，梁公公怒道：

「你這是要做什麼？」說著，伸手去打沈傲的手，而身邊的王黼和差役，一個都幫不上忙，王黼這把老骨頭，別說拉扯，輕輕一推，或許就命喪黃泉了，至於差役，更是不敢輕舉妄動。結果，堂堂隱相竟被人拉扯著，動彈不得。

「放肆，太放肆了，沈傲，你……你……」

王黼想上前去助陣，卻又不知如何下手；至於周正和石英卻都是含笑著抿嘴不語，二人的眸光閃過一絲狡黠。沈傲的聰明，就在於敢把清水攪渾，表面上是胡鬧，可是這樣一拉扯，反倒教人無處下手。

梁師成氣急，抓住沈傲的小臂狠狠咬了一口，沈傲哇的一聲，高聲咒罵道：

「死太監，你還敢咬人，大家快來看啊，反賊咬人了，我要驗傷。」傷字剛剛出口，攥起拳頭直搗黃龍，狠狠地在梁師成的面門上一拳砸下。

梁師成哎喲一聲，整個腦袋都懵了，這一拳打得極重，整個鼻梁似是要歪了，鼻血泊泊流出，樣子猙獰極了。

「大家做個見證，是這死太監先動手的，學生的手臂被這反賊咬傷了，動彈不得，若不及時醫治，輕則殘廢，重則不治身亡……」沈傲一邊說著，一腳踹向梁師成的下身，這一踹，便咦了一聲，驚叫道：「啊！我竟忘了你是個死太監，不好意思。」

梁師成何曾被人打過，更不是沈傲的對手，拳腳相加過來，連還手之力都沒有，已是痛哭流涕，放聲大哭，口裏還在說：

「你……你……咱家若是不殺你，誓不爲人……」

「哇，學生好害怕，死太監要殺人了。」沈傲抄起一盞茶，便往他的頭頂澆去，卻是一副很無辜的樣子。

鬧了許久，周正終於給人使了個眼色，將二人分開。

梁師成坐在椅上，大口大口地喘著粗氣，一雙眼眸尖銳如刀，死死地盯住沈傲，恨不得再衝過去，一旁的王黼在旁小心翼翼地拿出手絹兒給梁師成擦拭傷口，心疼地道：

「先生，先生，你疼不疼？這，這沈傲早晚要……」

說到一半，也不知是觸到了梁師成哪個痛處，梁師成尖叫一聲，一腳將王黼蹬開，罵道：「滾，滾……」他平時總帶著如沐春風的笑容，待人和氣的從容，今日卻是什麼都顧不上了；碰到了沈傲這樣天不怕地不怕的人，也活該他倒楣。

誰知另一邊，沈傲叫得更凶，捲起袖子來，將自己咬傷的手臂給趙紫蘅看，喊得差點兒要叫全世界知道：

「郡主，你看看，學生是個讀書人，哪裡做過什麼有辱斯文的事，這個死太監竟無端咬人，真是……真是太無恥了，郡主可要爲學生作主啊，學生這隻手臂可算是廢了，以後再也作不了畫，無奈何，只能作詩了。」

趙紫蘅很心疼地摸著他的手臂，這手臂上，確實有一排牙印兒，心裏說：「這隻手不知畫出了多少名畫佳作，這個梁公公真是可恨，爲什麼不去咬他的屁股。」邊想著，邊是很小心地去幫沈傲揉搓，低聲道：「沈傲，還疼嗎？」

「疼，疼死了，只怕這一次我已經受了內傷，一定要叫大夫來驗傷，學生被個死太監兼反賊無端毆打，毆打監生，這是什麼罪？要給他記下來，到時候再和他算賬。」沈傲人已是搖搖欲墜，差點兒要倚在趙紫蘅的肩上。

「聖旨到。」府外傳來聲音，聲音高昂莊肅，一下子，整個廳裏頓時安靜下來。

「好極了，皇上要給咱家做主了。」梁師成猶如抓住了一根救命草，臉上大喜，可是隨即卻又是一陣茫然。

不對啊。這個時候，無端來什麼聖旨？這又是爲什麼？

周正和石英只道是賢妃進了宮裏傳了信，心中不由一鬆，只要皇上干涉，沈傲的冤屈一定能洗清，這條命，暫時算是保住了。

沈傲心裏有些發虛，爺爺的，每次來聖旨都不是好事，害得自己差點患上聖旨恐慌症，這一次的聖旨，又不知要說什麼。

這一次連給周正準備的時間都沒有，便看到楊戩闊步進來，手揚著黃帛聖旨，先是看了沈傲一眼，見他無事，心裏便笑：「看來咱家來得並不晚。」

楊戩的目光又落在梁師成身上，見他滿面是血、鼻青臉腫，狼狽極了，心裏頓時明白，這個沈傲，真是大膽的很啊。王子，他敢打，連梁公公他都敢動手，這傢伙，還真是個惹不得的人物，接著，便微微一笑，朝梁師成道：

「梁公公，您這是怎麼了？哎喲，是誰傷了你？」

梁師成與楊戩，面子上的交情還是極好的，見楊戩來了，梁師成大喜，道：「楊公公，你來得正好。」

他話音剛落，楊戩卻沒有聽他訴苦的興致，冷面道：

「沈傲、梁師成接旨。」

梁師成心裏一驚，頓時感覺今日有點兒不對味，這楊戩今個兒是怎麼了？怎的對自己這樣冷淡？此外，官家莫非也知道咱家在國公府，爲什麼一份聖旨，給兩個人宣讀？

這一想，額頭上便滲出冷汗，連忙趴伏在地。

「制曰：即令沈傲會同梁師成二人立即進宮覲見，不得遲疑。」

只簡短一句話，楊戩便收起聖旨，微微笑道：「二位，這就隨咱家進宮去吧，陛下已經等候多時了。」

咦，今天的聖旨倒是沒有罵人，沈傲心裏鬆了口氣，隨即又想，這皇帝莫不是覺得隔空罵人很不過癮，要把本公子叫到宮裏去罵吧？

沈傲連忙起身，道：「且慢，楊公公，學生有一句話要說。」

楊戩望著沈傲，道：「沈公子，你說。」他對沈傲的態度好極了。

沈傲道：「方才王黼王大人說了，說是要帶我去刑部，說我是反賊，既是反賊，若是進宮裏去，會不會有點不妥當？」

王黼一聽，牙齒咬得咯咯作響，這傢伙明顯是故意討巧賣乖啊，連忙正色道：「既有旨意，進宮也是無妨的。」

沈傲道：「好，那學生就進宮去，正好，學生還有一肚子的苦水要向陛下訴說，比如這位梁公公，他竟然無端咬人，由此可見，宮裏頭的組織十分混亂，內侍良莠不齊，一群別有用心、素質低下的太監混雜其中，嚴重影響了陛下的形象。」

梁師成默不做聲，一雙木訥的眼眸一時動也不動，心裏卻是在琢磨，陛下這個時候下這道聖旨，到底意味著什麼？

文景閣裏，趙佶怏怏不樂地坐在床榻上，就是後宮裏的年關宴會亦是沒有參加，倒是教后妃們很是失望。

安寧帝姬略有疲倦地蜷縮在一旁，低聲哼著曲兒，眼眸兒不時地向帷幔之後望去，有時聽到有腳步聲傳出，那臉蛋兒便多了幾分神采，可是那躡手躡腳的聲音漸漸遠去，又令她一下失望下來。

安寧帝姬望著趙佶，低聲啓口道：「父皇，沈傲還編了一首曲兒，我很喜歡聽，他這個人真是奇怪，明明是呆呆的樣子，可是有些時候，總是能教人耳目一新。」

安寧對沈傲的印象竟是呆呆兩個字，在趙佶聽來，實在無語得很，沈傲若是呆呆的，這全天下的人當真都是傻蛋了；隨即一想，在賢妃和帝姬面前，呆呆的倒也正常，他那一套本事，若是用在了賢妃和帝姬身上，朕還真該治他的罪不可。

安寧從國公府回來，比之出宮時要精神得多，趙佶心中不由地想，莫非沈傲的治病法子真這般有效？這個沈傲，到底懂多少技藝，一個人終其一生能學會一樣本事就已是千難萬難，若是能樣樣精通，倒還真是不多見。

想到這個，趙佶一時來了自信，須知他這個皇帝確實是多才多藝，不管是行書、繪畫、蹴鞠、騎馬、射箭，樣樣精通，無有不會者，就是對奇花異石、飛禽走獸，他也頗有興致，風流天子之中，只怕他趙佶當仁不讓，絕對是其中翹楚。

趙佶的子女就有一百多個，對安寧，倒是頗為疼愛，這自然是因為安寧天生體弱的緣故，也出於對安寧母妃的寵愛，因而見安寧說起新曲兒，便順著她的話道：

「我家的寧兒是最愛唱曲的了，你來給父皇哼兩句這新曲，讓父皇看看這沈傲到底有沒有本事。」

安寧頓時臉色羞紅，心裏不禁地想，這樣的曲兒怎麼能吟給父皇聽，那曲兒說什麼貴家小姐遇到了風度翩翩的公子，便將他當作了自己的如意郎君，明明是一首求愛的曲兒，若是讓父皇聽了，她還怎麼做人？立即道：

「我今日不想唱，父皇，你不是說已經下旨教沈傲入宮了嗎？怎的人還沒有來？」

安寧是從不說謊的，趙佶見她又羞又驚的樣子，心裏頓時明白了，心裏恨恨道：

「這個沈傲，真是賊心不死啊，竟敢在朕的愛女面前唱淫曲，哼哼，等下好好收拾收拾你。」

趙佶這樣想，自然是因為瞭解沈傲的為人，沈傲唱出來的曲兒，又有哪幾個是正經的？不是這家的姑娘看上了那家公子，就是妻子和丈夫之間的竊竊私語，這些曲兒在趙佶看來，倒是頗覺得有趣；可是作為一名父親，得知沈傲竟是賊性不改，這心裏頭就有些憤憤難平了。

雖是對沈傲小有齷齪，可是在安寧面前，趙佶卻裝作一副不以爲然的樣子，笑道：「只怕就要來了，楊戩也是，都已過了一個時辰，還沒將人帶來，安寧，你的病當真好些了？這樣重的病，只是喝了溫水，便好了嗎？」

安寧頷首道：「原來總是覺得喉間堵了些什麼，可是今日卻舒服的很，雖是略有咳嗽，卻不似從前那樣了。父皇，你說，這真的如沈傲所說，是金丹的緣故嗎？」

趙佶頷首點頭，低聲道：「這金丹，當真有毒？」

他陷入沉默，臉色略帶鐵青，「金丹有毒」這四個字的分量著實不輕，單憑這個，整個汴京城足以掀起一場血雨腥風，牽連者可多達千人以上。

這毒丹的背後，到底是有心，還是無意？

他似是想起了一樁樁往事，在端王府裏，那個木訥的小內侍拽著自己的衣角，只帶著微微的笑容道：「王爺，您的衣衫皺了，讓奴才來捋一捋。」

「王爺，奴才給您帶來了一件稀罕的玩意兒。」

「王爺，您怎的這般不小心，騎馬時定要有人看顧著，您若是出了什麼差錯，奴才就是萬死，也難贖其罪啊。」

這一句句帶著諂笑的話在旁人看來，或許給出的評價是媚上二字，可是對趙佶來說，那一句句話所蘊含的關切之情，他至今難以忘懷。

這樣的人，怎麼可能刻意製造毒丹？又怎麼會如此待朕？

「父皇……父皇……」安寧在一旁低喚著想得入神的趙佶。

「嗯？」趙佶抬眸，望著安寧，道：「怎麼了？」

安寧道：「父皇，你是怎麼了？怎的心神不屬的樣兒？」

趙佶恬然一笑，溫雅地道：「朕在想，朕最親密的人會不會背叛朕，這個人或許有許多瑕疵，可是他真的會對朕有異心嗎？」

安寧道：「安寧只知道，每個人在別人的眼中都是不同的，就比如安寧，在父皇面前，安寧是您的女兒，不管安寧做什麼事，父皇都會原諒。可是對宮裏的內侍來說，安寧是他們的主子，安寧做什麼，他們都只會逢迎巴結，絕不敢違逆。可是安寧心知，安寧並不是完美無瑕，也會有喜怒哀樂，既有人愛著寵著縱容安寧，自然也會有人恨著憎著嫉妒安寧。」

趙佶一時恍神，頷首道：「不錯，你說得不錯。」輕輕撫著安寧的背，道：「朕明白了。」

恰在這時，碎步聲又輕輕傳來，安寧公主眼眸一亮，側耳傾聽，那腳步聲越來越近，隨即有人道：「陛下，沈傲、梁師成覲見。」

趙佶抿著嘴，卻是不答，望著安寧低聲道：「安寧，我們晾他們一晾可好？」

安寧公主抬眸，見趙佶的臉上生出促狹之意，只這一瞬間，那個心事重重的父皇不見了，取而代之的，仍是那個在自己面前憨厚不拘的父親，安寧笑著猛地點頭：「好。」

沒有回話，在外候著的楊戩只好再叫一聲：「陛下，沈傲、梁師成覲見。」

仍是一陣沉默，楊戩心中暗暗奇怪，這是怎麼了？

身後的梁師成心中頗有些忐忑，扯著楊戩的袖子道：「楊公公，官家下旨意時，可曾說過什麼話嗎？」

楊戩回眸，低聲道：「梁公公，消息就不要向咱家打探了。咱家什麼都不知道，等覲見了，你自然明白。」

梁師成心裏微怒，道：「不會是有人在官家面前使絆子吧？哼，若是真有其事，咱家也不是好惹的。」

楊戩心知他這話是說給自己聽的，只當沒有聽到，笑呵呵地對沈傲道：

「沈公子，過些時日便是書畫院科舉，你的行書不錯，咱家已給你報名了，若真中了行書進士，到時候可莫忘了請咱家喝酒。」

書畫院？沈傲來到這個時代，才知道了一些眉目，書畫院的全名叫「翰林書畫院」，每三年也進行一次科舉，這種考試倒是和後世的術科考試差不多，同樣也有狀元、榜眼、探花、進士之說，考取之後，可以授予官職，或進翰林，或爲各殿學士，不一而足。

宋代的畫院體制已經逐漸完善，規模極其宏大，可謂是史無前例。在宋初，太祖皇帝爲了招攬人才，先是設立了圖畫院，網羅天下大批優秀畫家，後蜀的黃荃父子、高進父子以及袁仁厚等，當時最出眾的畫師紛紛入院供職，此外還有南唐周矩、董源、徐崇嗣等人，他們與原屬的一些知名畫家逐漸融合，使得整個皇家畫院成爲天下實力最爲雄厚的繪畫基地。

不過在那個時候，畫院的建設並不完善，既沒有嚴格的制度，也沒有一定的處所、人員編制，甚至連官員品級都未定下。趙佶登基之後，對畫院進行了改制，逐而將畫院的人才授予官職，圖畫院也改爲翰林書畫院，下設七八個子機構，其中以畫院爲首，書院次之；再以下便是棋、阮、玉、琴各院，而且還規定，凡是在書畫院入籍者，每有犯過，止許罰直；其罪重者，亦聽奏裁。

這句話的意思就是，即使入職書畫院的賢才犯下過失，官府也不許隨意緝拿，有了這個特權，畫試、書試一時也成了熱門之選。

其實在太學，早已設立了書畫院，由書畫翰林、侍讀、學士們爲博士，教導學子學習琴棋書畫，反倒是國子監，卻只教授經義文章，這一次藝試，若是不出常人所料的話，太學書畫院考取的進士至少超過二十名。

反觀國子監，雖然藝試的考試日期已經頒佈，可是畢竟在這上頭爭不過太學，因而故意將此事淡化，便是不敢與太學競爭，或許說，國子監連競爭的資格都沒有。

聽說楊戩爲自己報了名，沈傲也只是微微一笑，其實這大宋的藝術名家不少，畫師、書法大家、鑑寶師、音樂家數不勝數，沈傲的水準自然無話可說，考取進士斷沒有問題，可是爭這三甲還真有些吃力，比如他的書法水準自然比趙佶要高，可是趙佶的書法雖已有大家風範，畢竟他是皇帝，因而他的書法才在後世如此有名，但在這個時代，又有多少籍籍無名的大書法家被湮沒？

須知藝術這東西，最重要的是要有人捧，加上自身的水準，你才能名留千古，否則千百年之後，你的作品已經遺失殆盡，後人看不到你的真跡，就算是你的造詣再高，又能如何？

所以在後世，爲人稱頌的書畫家往往不是王侯便是將相，什麼蘇軾、什麼趙佶、什麼李後主、蔡京，這些人，本身就有名望，就算他們畫了一隻普通的鴨子，單憑他們的手跡，就已是價值不菲，若是再加上藝術成就，自然深受後人的熱捧，倒是不少混得不好的書畫家，因爲沒有作品留存，最後被湮滅在歷史之中。

所以，沈傲雖然對自己很有信心，可是也絕不盲目。

不過已經報了名，沈傲也有心去試一試，管他會遇到什麼強大的對手，就當是切磋較技好了，弄個書畫院進士什麼的頭銜來玩玩，倒也是頂有意思。

真有了這個功名，這姓梁的死太監也不至於敢無故栽贓，須知書畫院的進士，就算是被人安了謀反罪，什麼大理寺、刑部、京兆府，都是不能審問羈押的，沒有聖旨下罪，誰也動不了他一根毫毛。

「哈哈，若不是楊公公提醒，本公子竟然差點忘了這件事。」沈傲心中一想，便感激地對楊戩道：「楊公公美意，學生心領了，不過嘛……」

楊戩見他滿是踟躕，以爲他不想參加考試，忙道：

「沈公子，你的行書，咱家是親眼所見的，比不少書畫院的行書大家也差不到哪兒去，高中是必定的，莫非沈公子有什麼難處嗎？」

沈傲呵呵笑道：「考，當然要去考，不過，學生厚著臉皮想請楊公公再爲學生去報幾個名，學生不但要考行書，還要考繪畫、音律、鑑寶……」

沈傲一連串報出幾個科考的項目，音律便是阮院、鑑寶便是玉院，這些沈傲都有點兒把握，至於畫院，那更是他的拿手好戲了，一個人考四場，壓力好大啊，不過這種事，還是漫天撒網，總有魚兒上鉤的，沈傲不信，考個四場會連一個第一都拿不到。

楊戩無語，這傢伙還真是貪得無厭，別人考一場都已是千難萬難，他竟要連考四場，整個書畫院也不過五六個考項而已。

「好，好，沈公子有這雄心，咱家去翰林書畫院多跑一趟腿也是值當的。」楊戩笑嘻嘻地看著沈傲，對沈傲的請求立即應承下來。

沈傲心裏偷樂，據說那翰林書畫院報考的書生竟有數千之多，要報名也不是容易的事，就是排隊，本少爺也不知要排到什麼時候，楊公公去幫自己報名正好，這傢伙有面子，可以走後門插插隊，打一聲招呼，那些什麼學士、侍讀還不得乖乖的把自己的名字添上去？

況且……況且一次報名的費用，沈傲聽說是十貫，其實翰林書畫院收這些錢倒不是斂財，這書畫院的藝考和尋常的科舉不同，尋常的科舉非得在家鄉取得了名額，才可入京來趕考，可是這書畫院，卻是所有人都可以報名的，因此，為了防止有人無端去報了名卻只是去鬼畫符，才有了這項舉措。

少不得，這筆報名費，就要勞煩楊公公了。

第八三章
隔空把脈

沈傲便問楊戩：「楊公公，你這裏有沒有紅繩？」

楊戩道：「要紅繩做什麼？」

沈傲很驚訝的樣子：「不是說給女眷把脈時，要隔空把脈嗎？就是一頭用紅繩纏著女眷的脈搏，另一頭牽在醫生的手裏的那種？」

楊戩和沈傲在閣外聊得熱火朝天，獨獨那個鼻青臉腫的梁師成卻是形單影隻，心中生出許多恨意，可是現在身在宮中，他就算是怒火沖天，卻不敢放肆。

楊戩見天色漸漸黯淡下來，時辰已是不早，只怕這宮門已經落鑰緊閉了，看來今夜這沈傲要出宮，得用人籃筐兒吊出去，這官家也不知是怎麼的，既是傳見，卻爲何不吱一聲，不過這種事他自然不敢誹謗，官家自有官家的心思，自個兒只需等候就是了。

反觀沈傲，一雙眼睛卻是左看看，右看看，撫摸著殿柱，心裏唏噓一番，向楊戩問：「楊公公，這柱子是貼了金箔嗎？怎地金燦燦的，嘖嘖，若是鋸下來，只怕單這一根柱子就能賣個幾百貫吧？」

楊戩實在無語，連忙道：「這是鏤銅的，是銅箔。」其實金箔銅箔他哪裡分不清，只是天色黯淡，一時走眼罷了。

沈傲很遺憾地對柱子不屑一顧了，佇立在漢白玉的欄階上，心裏感嘆，這皇帝老兒倒是頗會享受，等本公子發了大財，也要好好置辦一個宅子，娶上十幾個老婆，再養幾頭老虎大象什麼的，給本公子做陪襯。

胡思亂想一番，裏頭終於有聲音傳出來：「進來吧。」

楊戩現出激動之色道：「沈公子，快隨咱家進去，覲見的規矩，你都懂吧？」

沈傲茫然，直接道：「不懂。」

「哎呀，看咱家竟是把這件重要的事給忘了。」楊戩急得跳腳，正想粗略地給沈傲教導兩句，那梁師成卻抬腿開啓了閣門，口裏道：「奴才梁師成見過陛下。」

楊戩嘆了口氣，這個梁公公真是狡詐極了，這是故意不給咱家機會啊，連忙催促沈傲道：「來不及了，隨咱家進去吧。」

沈傲闊步進去，原想一睹天家威儀，卻不料那皇帝仍是在帷幔的龍榻之後，心裏略有失望，也連忙道：「學生沈傲見過陛下。」

禮儀？楊公公小看我了，反正梁太監怎麼做，自己怎麼學就是，這叫言傳身教，梁太監這個時候就是個好人啊，還幫襯了自己一把，果然沒有白白毆打他一頓。

「抬起頭來。」帷幔之後的聲音風輕雲淡，聽不出喜怒，這一句話更不知是向誰說的。

梁公公連忙抬頭，不久前的那張漂亮的臉蛋兒，如今已是鼻青臉腫，不細看，還真難以認出他來。

沈傲有點兒心虛了，也抬起頭來，直視著那帷幔，心裏不由自主地想，隔著一層帷幔輕紗，我看不到你，你莫非能看清我嗎？

帷幔之後的聲音又響起來，慢吞吞地道：「梁師成，你的臉是怎麼了？」

這一句話道出，讓沈傲很無語，原來在這帷幔之後，人家還真能將自己看清了。

梁師成聽趙佶一問，頓時便慟哭起來：

「陛下，你要爲奴才做主啊，這沈傲無端毆打奴才，打在奴才身上，更是無視陛下的威嚴，陛下，您看看奴才這臉，還有這身上的淤青，都是沈傲這個亂臣賊子所爲，嗚嗚……奴才伴在陛下身旁，哪裡敢不殫精竭慮，原以爲攀了陛下，便無人敢欺負奴才，誰知道遇到了沈傲這惡賊，見了奴才抬起拳頭便打，當著眾多王公們的面，竟是不給陛下一絲的顏面。常言道，打狗還需看主人，這惡賊無端打奴才，哪裡將陛下放在眼裏？」

這一聲聲聲淚俱下的哭訴，當真是令人聽得心酸。

梁師成一邊說，還一邊磕頭，這一磕，額頭上便又淤青了一大塊，所謂先下手爲強，梁師成豈是個蠢貨，沈傲這個傢伙牙尖嘴利，可不能再讓他危言聳聽了。

沈傲此刻卻是無語了，梁太監的臉皮竟比他厚得多，這種搖頭乞尾，把自己比作是狗的情操，他可學不來，今日看來還真是遇到了對手。

沈傲連忙道：「陛下明察，是梁公公先咬了學生，公府裏許多人都是看見了的，作不得假。」

「哼。」這一聲自帷幔之後傳來的冷哼也不知是向誰的，那聲音徐徐道：「這些事，朕不管，叫你們來，只是要問一件事。」

不管？梁師成冷汗流出來，陛下說這句話又是什麼意思？

梁師成心裏忐忑，正要說話，不料沈傲的嘴更快，連忙道：

「陛下是要問毒丹的事嗎？學生可以作證，那金丹確實有毒，若是不信，可尋一隻剛出生的小狗來測試。皇上，這梁公公居心叵測啊，金丹既是呈給皇上吃的，他在金丹裏下藥，其險惡用心，已被學生偵破，學生身為監生，飽受國恩，哪裡肯讓皇上被這死太監蒙蔽，所以就是拼著得罪這死太監，也要將真相說出來。不曾想這死太監眼見陰謀敗露，便鋌而走險，故意污蔑學生，說是學生要謀反，還不知從哪裡尋了條御帶，說這是學生私藏的，皇上明察秋毫，學生一個小小監生，要御帶做什麼？謀反做什麼？」

他連珠炮似的把要說的話說出來，臉皮既厚不過他，哥哥只好講道理了，但願這位聲名赫赫的徽宗皇帝是以德服人的，要不然自己要吃虧了。

帷幔之後的人道：「朕沒有問這些，你說這麼多做什麼？朕要問的是，你當真能治好安寧帝姬的病？」

就問這一句？沈傲無語了，皇帝是不是腦子進水了，這擺明了是避重就輕啊，毒丹這麼大的事不問，自己被人誣陷的事他也不問，倒是專門問些旁枝末節。心裏腹誹一番，老老實實地道：「能的，只要不吃那毒丹，學生有八成把握。」

趙佶眼眸中閃露出一絲疑色：「只有八成？」

沈傲訕訕一笑，板著臉道：「當然不止是八成，學生這是謙虛之詞嘛，謙虛是學生的立身之本。」

梁師成差點要吐血了，就你還謙虛，真是無恥之極。

趙佶頷首點頭：「好，這安寧帝姬的病，就交給你診治了，若是治得好了，朕重重有賞。可若是治不好，呵呵……」

這一聲笑，和煦溫柔，可是聽在沈傲耳中，卻有著說不出的刺耳，心裏不禁想：「做皇帝的，連懲罰還要留個懸念，真是沒品。」

沈傲道：「遵旨，學生就是拼了命，也要將帝姬的病治好。」他心裏又想：「這皇帝既不過問毒丹，又不過問御帶，想必是要把這些事淡化處理了，不過這也好，反正我也不吃虧，狠揍了這死太監一頓，也算給了他教訓。」

帷幔後陷入一陣沉默，讓下頭的沈傲和梁師成二人一時也不敢說話了，沈傲心裏想，天色不晚了，該說的既然說了，按規矩，自己是不是該告辭？

這時，卻聽到帷幔後突然傳出一聲呵斥道：

「記住了，既是給帝姬治病，就給朕乖乖地治，不許在帝姬面前胡說八道，更不許唱淫詞。」

這是在說我嗎？沈傲左右張望，好像還真是說自己，心裏想爭辯，他很純潔的啊，胡說八道確實有一點，可是淫詞這東西，他聽了都臉紅，什麼《十八摸》、《少女的第一夜》這些東西，他是絕不會唱的。不過，這些話終究還是梗在喉頭裏沒有說出來。

「好啦，現在就帶沈傲下去給帝姬診病吧，叫他開了藥，再帶他出宮，楊戩，你隨他一道去，若是他敢有什麼不軌之舉，立即回報。」

楊戩應了一聲，帶著灰溜溜的沈傲立即去了。

趙佶轉向安寧帝姬，道：「安寧，你從後殿出去，讓那個沈傲給你醫治吧。」

安寧臉色俏紅，垂著頭不敢去看趙佶，嗯了一聲，便走了。

文景閣裏，紅燭冉冉，帷幔被趙佶捲開，空氣陷入死寂的沉默，唯有梁師成粗重的呼吸略微可聞。梁師成偷偷瞧了趙佶一眼，感覺他臉色可怕極了，心裏有些發虛，跪著連動也不敢動。

趙佶拿起一根錫簽兒，輕輕撥動著紅燭，那燭光暫態搖曳起來，閣中忽明忽暗，接著，他拋了錫簽兒，負著手，臉上木無表情，突然道：

「隱相，那御帶，到底是誰從宮裏拿去的？」

這一聲隱相，把梁師成嚇得面如土色，魂不附體地道：「陛下，陛下，奴才知錯了，奴才……」

趙佶厭倦地揚了揚手：「你不必再說了，若要人不知，除非己不爲，你當朕糊塗了嗎？」

梁師成不敢再說話，趴伏在地瑟瑟發抖，喉嚨似已乾涸一般，不斷地噎著吐沫。

「哼，你說說看，朕該拿你怎麼辦？」

「說不出口？還是心有愧疚？呵呵……」

趙佶慢慢地踱步到梁師成身前，居高臨下地望著他，那傲視恣意的模樣隱含著不屑之色。

「你記住，你現在的一切都是朕給你的，朕只要一句話，便可將它們悉數剝奪，你自己思量思量，是要做隱相呢，還是乖乖地做朕的奴才。」

趙佶頓了一下，直直地盯著驚恐不已的梁師成，又道：「抬起頭來……」

梁師成危顫顫地抬起頭，仰視著居高臨下的趙佶，努力地擠出一句話道：

「奴才該死……」

這時候的梁師成，當真變成了可憐蟲，那不可一世的姿態早已消散的無影無蹤。

趙佶哂然一笑，道：「你不會死，朕還要留著你。」

他的語氣慵懶到了極點，似乎對眼前的事物都已厭倦一般：「你自己體會吧，機會只有一次，再錯過，朕就不會再姑息養奸了。」

梁師成如蒙大赦，連忙磕頭道：「謝陛下隆恩浩蕩……」

趙佶冷哼一聲：「朕看你也累了，睿思殿文字外庫的差事，就讓楊戩和你一道來辦吧。還有那個沈傲，不許再爲難他，知道了嗎？」

「知道……知道……」梁師成喃喃念著，眼眸中卻是閃過一絲怨毒，原來自己真是讓楊戩那廝使了絆子。

「沈公子，這就是文思閣了，是安寧帝姬的住處，你在此等等，咱家先去通報一聲。」

楊戩徑直入內，小心翼翼地道：

「帝姬殿下，陛下特意讓沈公子來給您治病。」

安寧公主比他們快了一步回到寢閣，她自殿後出來，端莊地坐在軟榻上，道：「傳他進來吧。」

沈傲在外頭聽得真切，不等楊戩出去叫，便興沖沖地跑進來，一點御醫的樣子都沒有，邊走邊高聲道：

「公主……不，帝姬殿下，沈傲自己進來，不必麻煩楊公公，楊公公跑上跑下的，太辛苦了。」

安寧見了他，眼眸似是明亮了許多，道：「你方才在文景閣挨罵了嗎？」她明知故問，一雙眼睛好奇地打量著沈傲。

沈傲板著臉道：「帝姬殿下，我是來看病的，不能給你唱淫詞，所以，你現在不要和學生說話，你一說，學生就文思氾濫，忍不住要作詞了。快躺下，學生先給你把脈。」

安寧撲哧一笑，便乖乖地半躺在榻上。

沈傲便問楊戩：「楊公公，你這裏有沒有紅繩？」

楊戩道：「要紅繩做什麼？」

沈傲很驚訝的樣子：「宮裏不是說給女眷把脈時，要隔空把脈嗎？就是一頭用紅繩纏著女眷的脈搏，另一頭牽在醫生的手裏的那種？」

楊戩想了想，搖頭道：「咱家沒聽說過。怎麼？沈公子會這種把脈之法嗎？那好極了，我叫人尋根紅繩來，省得你褻瀆了帝姬。」

沈傲連忙撥浪鼓似的搖頭，理直氣壯地道：「我也不會，只是隨口問問而已。」

楊戩哈哈乾笑，無言以對。

沈傲走到榻前，看著安寧公主半躺在榻上，嬌胸起伏，俏臉上含俏帶羞，動人極了。

搬了個小錦墩坐在榻前，沈傲第一次做醫生，一時手足無措，不知先從哪裡下手，朝安寧公主笑了笑，嘻嘻地道：

「帝姬殿下，宮裏的太醫把脈時，是不是要拿一層紗布遮在你們的手腕上？」

安寧公主蹙著眉，心裏忍不住說：「把脈就把脈，從來沒見過這樣喋喋不休的人的。」接著，搖了搖頭道：「我沒有聽說過。」

「噢。」沈傲點頭，這下放心了，笑呵呵地道：「其實我也不會，沒辦法，學生醫術淺顯，只好小小地褻瀆一下帝姬殿下了。」

原本是一件很自然的事，既是醫病，把脈是再正常不過的事，可是經由沈傲這麼胡說八道，倒像是這傢伙存心要佔便宜一樣，安寧公主俏臉通紅，委屈地道：

「我……我不要把脈了。」

沈傲立即板起臉，道：「不把脈病能好嗎？你不是想唱歌嗎，把了脈，病才能治好，身爲德藝雙全的病理大家，學生有責任有義務爲殿下好好把脈。」

沈傲不敢自稱是醫生，搖身一變，成了病理大家，閉著眼道：

「殿下，要不學生閉上眼睛爲你把脈，省得你爲難。」手指搭上去，摸了摸，咦，有點不太對勁，怎麼摸到的是一層絲綢，不過這絲綢面前倒是軟軟的，很舒服，有一種母愛充盈的感覺。

安寧咳嗽，怯弱地道：「沈公子，沈公子，你摸錯地方了。」

沈傲睜開眼來瞄了一眼，汗，有點尷尬，居然摸在了安寧的身上，難怪這麼有彈性，摸起來這麼舒服，沈傲趕緊抱歉地道：「失誤，失誤。」這一下不再閉眼睛了，手指輕輕捏著安寧的手腕，感受著她的脈搏呼吸。

楊戩看在眼裏，拼命咳嗽，對沈傲這傢伙實在是無話可說，趕快當作什麼都沒有看見，把頭別過去。

沈傲闔著目，另一手摸著下巴，頗有一副名醫的氣度，其實這把脈只是噱頭，電視裏的名醫不都把脈嗎？要是不把，就顯得不專業了。其實對這一行，他實在是一竅不通，只能先糊弄著再說。

安寧羞紅著臉道：「沈傲，你好像把脈的方法不對。」

沈傲張目：「不對？那怎樣才對？」

安寧道：「你應當把食指輕輕搭在我的手腕上，不要用勁按，這樣脈象會亂的，太醫每天都會來爲我診脈，我看他們都是這樣做的。」

沈傲老臉一紅，正色道：「我和他們把脈的方法不同，這是我的獨家秘方。」

其實他正心虛著呢，久病成醫，這個道理果然不錯，小丫頭醫學水準明顯比哥哥高啊，還是謹慎些好。

其實不需診脈，沈傲也早已知道她的病症所在，原來只是急性咽喉炎，因爲當時服下了金丹，御醫們前去把脈，脈相自然紊亂，再加上服下金丹的症狀與咽喉症狀相互交疊，御醫們縱有天大的本事，也不能確診，於是乎，金丹照吃，御醫們不敢用藥，多半是弄些不傷大雅的補藥出來，反正只要不吃死人，總能糊弄過去。

結果，一個稀鬆平常的小病，慢慢磨成了慢性，越來越嚴重，以至於快要咳嗽到窒息的地步。

把了脈，沈傲和藹地拍了拍安寧的小手臂，道：「你這是喉病，不過不要緊，吃了學生的藥，過個三五月就完全好了。」他朝楊戩道：「楊公公，拿紙筆來，我來開藥方。」

楊戩見沈傲如此篤定，眉開眼笑地道：「好。」接著匆忙去叫人拿了筆墨紙硯過來，笑呵呵地道：「沈傲，若是真治好了帝姬，咱家保準你有天大的好處。」

沈傲很純潔地道：「莫非陛下要讓我做駙馬？」

問出這一句，臉上有些發紅，罪過，罪過，竟忘了公主也在一邊了。

楊戩見他又胡說八道，不敢和他再說了，訕訕一笑：「你還是快寫方子吧。」

沈傲偷偷瞄了安寧公主一眼，見她故意將臉朝向牆壁，雙肩微微顫抖，想必是害羞了。沈傲不由地覺得這個公主倒是不錯，性子蠻好的，在沈傲的印象中，公主應該都是很刁蠻的才是。

提筆胡亂寫了些方子，大多都是潤喉清肺的藥物，便擱下筆，道：「好了，照著我的方子，每天服三次，若是再咳嗽，我再來看看。」

說著，沈傲便朝安寧的方向道：「殿下，學生告辭了。」

「嗯。」安寧回眸，滿目羞紅，啓口道：「你這就要走了嗎？」

沈傲心裏吶喊，我也想賴在這啊，不過想起皇帝那一句不許唱淫詞的警告，縮了縮脖子，微笑著道：「天色這麼晚了，再不走，只怕來不及了。殿下，你好好地歇養，不要過於操勞，若是有機會，我還會再來。」

這一夜就這樣過去，好好的年關，被這許多事一下子破壞了。回到府中，先去和公爺、夫人報了平安，這才回屋去睡。

第二日醒來，自是過年了，街巷裏鞭炮劈啪作響，風雪之中，孩童在街上四處亂竄，遇到誰家家裏有人，便蹦蹦跳跳地到門口來說些喜慶的話，主人們這個時候總是大方得很，拿出各種糕點、糖果來慰勞。

空定、空靜兩個和尚帶著那小沙彌釋小虎也來了一次，一到過年，萬業皆休，倒是和尚們忙碌起來，大戶人家，總是要請一些僧人來念幾句，保佑今歲平安的，二人念了經，便到沈傲的屋裏去坐，都提及了藝考的事，說是以沈傲的書畫，高中是必定的。

那釋小虎則歪著腦袋，纏著沈傲給他摺飛機，沈傲心情也爽朗，陪著這小沙彌瘋了一會兒，空定、空靜二人倒是難得沒有去斥責這小徒弟。

胡鬧了一陣，三人才與沈傲依依惜別，空定叫沈傲一定要去寺裏坐坐，沈傲自然允了，摸著釋小虎的光潔腦袋，呵呵笑道：「下一次給你帶好玩意。」

釋小虎叉著手，瞪著沈傲道：「你騙人，你上次說要送我糖葫蘆，足足過了幾個月也沒有。」

沈傲板著臉：「這個時節，我到哪裡去給你找糖葫蘆？賣糖葫蘆的都回家團聚了，不是給了你這麼多糕點吃嗎？」

釋小虎歪著腦袋，似覺得有理，便歡天喜地地道：「那你快點來寺裏來看我。」打發走了這磨人的小沙彌，沈傲又趁機去了邃雅山房一趟。

到了邃雅山房，自是說了些吉利話，拉著春兒到僻靜處你儂我儂一番，只可惜春兒滿腦子裏都是生意經和記賬的事，說是今年的盈利已是不少，明年要在各處尋覓幾家分店，還有雇傭人工的事，月錢多少，吃用多少，採買又用了多少，這一番計算出來，沈傲的頭頗有些大，他對數字一向是咋舌的，只有笑呵呵地道：

「春兒，你莫要累著了，過年了，你的家人不在身邊，會不會不開心？」

春兒羞道：「沈大哥來看我，春兒就很開心了，不過，陸少爺倒是很想念自己的家人，在房裏悶悶不樂呢。」

沈傲點了點頭道：「好，我先去看看他。」

陸之章的臥房依舊凌亂，門是虛掩的，沈傲一點也不客套，徑直進去，便看到一個男人倚著窗臺，微風吹來，他的頭髮和靠窗的書稿齊飛，十分的飄逸。那鬍子拉碴的臉上，有一雙深邃而憂鬱的眼睛，始終望著窗外不曾回頭。

他支著身體，一隻手搭著腦袋，一隻手握著筆桿，渾身上下透著一股墨香，等聽到沈傲咳嗽，才徐徐回眸，對沈傲的到來並不覺得意外，滿是憂鬱地道：

「表哥，你說我這樣寫下去，會不會有所成就？」

沈傲朗聲道：「會的，成就算什麼，就是名垂千古，也極有可能，小章章，你的故事寫得越來越好了，你看邃雅周刊的銷量，已經足足飆升了三倍以上，再這樣下去，全天下人都會知道你的故事。」

陸之章眼中噙著淚水：「可是我想家了。」

沈傲默然，大少爺畢竟是大少爺啊，在家裏有這麼多人寵著，自然會對那個家有很大的依戀。

陸之章擦拭淚水，咬牙道：「但是我現在不能回去，我一回到洪州，又會變成那個混吃等死的大少爺，我要成就一番事業，教人刮目相看。表哥……」

他返身走過來，握住沈傲的手道：「如果有一天，我陸之章能煥然一新，一定要好好報答你。」

沈傲的手被陸之章激動地搖啊搖，差點眼淚都要出來了。

煥然一新？你這鬍子拉碴的樣子，倒像是以新換舊了。

沈傲口裏鼓勵他道：「小章章，努力。」把手抽出來，握成了一個拳頭。

「嗯，努力。」陸之章回眸去看窗外的街景，眼眸堅定而有神，似是要向全世界宣告他此刻的心情。等他回過頭去，想說表哥我想了一個主意，可是這一看，沈傲卻不見了。

「人呢，怎麼跑了？哎……」陸之章很是落寞地站著不動，低聲嘆氣道：「我還想和表哥談談我的心路歷程，說說我對最近幾篇文章的看法呢。」

爆竹聲中一歲除，春風送暖入屠蘇。

千門萬戶曈曈日，總把新桃換舊符。

過了年關，沈傲便不得閒了，拜會幾個要好的同窗，與周恆一道去謁見幾個平時與公府要好的長輩，自然少不得去陳濟那兒交幾篇文章，藝考在即，練習書畫也是必不可少的功課，還有邃雅山房那邊，有時也去走走。

這一陣忙碌，沈傲突然發現，自己已化身成了宋代的沈傲，與以前那個聲名狼藉的藝術大盜再沒有干係，走出門去，看到那一張張笑臉，還有那一聲聲問候，沈傲才體現了自己的存在價値，自己已是監生沈傲，是國公夫人的外甥，是汴京才子。

往事逐漸淡忘，倒是令沈傲更加珍惜眼前。

蒔花館的事也要開始著手，沈傲實在抽不開身，只能趁機多造造聲勢，叫陸之章寫了幾個異國他鄉的故事，大意是說一些遠在萬里之外大洋深處的異國的風情，這種故事既有新奇感，又可潛移默化，爲蒔花館下一步的舉動做足聲勢。

在府裏頭，沈傲是最大方的，從邃雅山房支了不少錢來，府裏上上下下，不論是主事還是廚子，俱都給他們封了一個紅包，這個時代並沒有紅包的習俗，沈傲算是開創了先河，也讓上下人等感恩不盡。

期間楊戩來了一趟，這老太監並不惹人討厭，沈傲和他的交往已經非常熟絡，沈傲爲楊戩替他報名的事致謝，隨即二人商談了會兒蒔花館的事，其實大多數時候，都是沈傲安慰他，教他不要爲蒔花館眼下的處境擔憂，自己已有了完善之法云云。

值得一提的是，那小郡主來公府的次數倒也勤了，自得知沈傲便是公府裏的畫師，雖有些拘謹，在趙紫蘅眼裏，沈傲似乎換了一個人，看沈傲的眼神也是不同，屢次三番來切磋些畫技，有一次竟還把沈傲帶到王府裏去玩。

沈傲對小郡主是斷沒有什麼不軌企圖的，只是聽說王府裏養了仙鶴，便想去看看。進那金碧輝煌的大府邸，沈傲開始還有些忐忑，後來索性放開了，進了後園，竟是撞見了王妃，王妃見了他，倒是沒有說什麼，只是含笑問他些夫人的事，便帶著從人飄然而去。

趙紫蘅領沈傲去看鶴，那鶴果然一個個優雅飄然，一隻隻展翅欲飛，唳聲不絕。

「我去拿筆墨紙硯，沈公子，你快畫畫……」

沈傲這才明白了趙紫蘅的真實目的，一時哭笑不得。

第八四章
生財有道

分明一個財字，沈傲的破題卻從治國開始，

意思是說，治國應以爭取人為本，爭取人的辦法就是治國者要有德，

所謂有德，就是待老百姓以仁愛之心，人民就願意歸附，

有了人民就有了一切，有土地、有財用。

從王府裏出來，沈傲才知道自己被狠狠的剝削了，短短三個時辰，就被這死丫頭逼著畫了兩幅畫，畫兒自然是被小丫頭搜走了，倒是沈傲這個人卻被打出門，望著那天空鵝毛般的大雪驟然落下，飄灑在他的頭上、腳下，沈傲抖抖靴子，心裏苦笑，本公子還是不夠無恥，竟是著了一個小丫頭的道。

街道上冷冷清清，迎著大雪漫行，別有一番滋味，這冷清的街道，卻是漸漸熟悉，讓沈傲一下子忘了前世的燈紅酒綠。

冷風刮面，讓沈傲打了個激靈，低聲呢喃著那一句：

「臨行時扯著衣衫，問冤家幾時回還？要回只待桃花、桃花綻。一杯酒遞於心肝，雙膝兒跪在眼前，臨行囑咐、囑咐千遍：逢橋時須下雕鞍，過渡時切莫爭先……」

唱著歌兒，腳步歡快的走著，遠處偶有鞭炮傳出，遇到幾個行人，因是節慶，也都相互作揖，互道一聲新歲平安。這一路上，大雪撲簌，將沈傲的臉都凍紅了。

拐過了一條街角，沈傲心裏想，這裏離唐大人的院落倒是不遠了，是不是該去拜訪一下，正在踟躕，遠處有一個人兒舉著油傘從後過來，遲疑的叫了一聲：「沈公子。」

沈傲回眸，油傘之下這人面善的很，再近些，終於想起是誰來，原來是唐小姐：「唐小姐好。」

唐小姐一手舉著油傘，一手挎著食盒，徐徐走近。

唐小姐相貌嬌美，膚色白膩，別說北地罕有如此佳麗，即令江南也極爲少有。

她身穿一件蔥綠織錦的皮襖，顏色甚是鮮豔，但在她容光映照之下，再燦爛的錦緞也已顯得黯然無色，在這風雪之中，頗有些弱不禁風，臉頰上不知是被冰雪凍得有些緋紅，還是遇到了沈傲生出的俏紅。

「唐小姐，這是到哪裡去？」

唐茉兒嗔怒道：「這樣的風雪，連個蓑衣和油傘都不帶，不怕著寒嗎？我爹今日去國子監裏坐值，我方才去給他送些飯菜。」

原來國子監就是在假期也要人值守，沈傲嘻嘻笑道：「大人很辛苦，倒也連累了唐小姐。」心裏唏噓，若是換了別人，就是一個小小的胥長，只怕也有府上的丫頭送飯菜了，至不濟，大不了到一旁的酒肆裏點些飯菜將就吃著便是，這位唐大人還真是窮得很。

唐茉兒嬌怒道：「到傘下來，莫要著了寒，家父聽說你報了藝考，很高興呢，說要讓你給國子監打個翻身仗。」

沈傲乖乖的躲到油傘去，二人同傘，說不出的曖昧，唐小姐年紀顯得大了一些，卻有一種端莊成熟之美，眼眸如一泓秋水，倒是不顯得尷尬，也不知是否那凍紅了的臉兒掩飾了羞意。

在唐茉兒身邊，沈傲彷彿成了小弟弟，心裏感嘆，發育有點慢啊，怎麼看起來還沒有唐茉兒高。這一比，就有點兒心虛了，唐茉兒本來就不矮，在女子中算是鶴立雞群的類型，目測之下至少有一米六八左右，再加上挽起的髮髻，汗，沈傲這一百七十的身高就顯得有點兒難爲情了。

「神啊，讓本公子來個二次發育吧。」心裏默默祈禱，與唐茉兒一道踩雪而行。

唐茉兒道：「方才你在唱什麼曲兒？」

「嗯？」沈傲回過神，頓時想起方才自己確實是唱了曲兒，可是唱曲的時候，好像已經過了不少時候，心裏想：「莫非這唐小姐一直跟在自己的後頭，直到方才才鼓起勇氣叫我的嗎？」笑呵呵的道：「這曲兒叫《羅江怨》，很好聽的，茉兒姐姐要不要聽？」

他是口花嘴甜的人，方才還叫唐小姐，現在二人共處在一把傘下，便改了稱呼，叫茉兒姐姐了。

唐茉兒道：「曲兒有些蒼涼，這大過年的，還是不要唱了。」

沈傲呵呵笑道：「是了，我竟差點忘了，過年唱這曲兒確是不合時宜。」

唐茉兒抿著嘴，卻又是與沈傲陷入沉默，冷冷清清的街道上，兩個人在一小塊天地裏同行漫步，倒是頗有些小情侶的滋味。沈傲突然笑吟吟的道：

「茉兒姐姐，你現在在想些什麼？」

唐茉兒咬著唇道：「我在想，這樣大的雪，有一個傻子冒著雪在雪裏唱曲兒。」傻子唱曲兒？沈傲汗顏，好像就是在影射我啊，連忙笑道：「茉兒姐姐知道我在想什麼嗎？」

唐茉兒見他笑得很詭異的模樣，搖頭道：「不想知道。」

她不聽，沈傲偏要說，道：「我在想，這樣大的雪裏，一個傻子冒著雪在雪裏唱曲兒，後頭卻有一個婀娜多姿的小姐，撐著油傘兒亦步亦趨，這樣的場面真是太有詩意了，回到府上，我要將它畫起來，裝裱到我的臥房裏。」

唐茉兒羞怒道：「你胡說，誰跟在傻了後面亦步亦趨？」

沈傲只是笑，認真的望著唐茉兒撲紅的臉頰道：「茉兒姐姐，你真美，尤其是在這雪地裏，就像是出塵的仙子一樣。」

唐茉兒便啓不開口了，神情略有慌張的道：「我家就要到了，你要不要去坐坐？」

沈傲遠眺望，果然不遠處，唐家的庭院現出了輪廓，在風雪中，顯得靜謐極了。

唐茉兒蹙眉道：「今日不知來了什麼客人。」

沈傲聽她說，細看之下，那庭院的門口，竟是停住了兩輛馬車一頂轎子，積雪覆蓋在車頂和轎棚上，顯然來的時候不少了。

二人一道兒過去，唐茉兒打開院門，便聽到那廂房改作的小廳裏，有聲音在道：「唐小姐年歲不小，我們趙公子亦沒有成婚，這二人自是天作之合，這門親事，還有什麼不允的？唐夫人，你且聽我說，趙公子的家世，夫人是知道的，這樣好的一門親事，唐夫人還有什麼不滿的。再者說，唐小姐心高氣傲，才氣是有的，可是我們趙公子也不差，才學也是一等一的，夫人，你只要點了這個頭，我們連彩禮都預備好了，總是不會辱沒了唐大人。」

接著，便是唐夫人略有動心的聲音：「這件事我自是沒什麼說的，不過，還需和唐大人、小女商議一番。」

那媒婆似的人還要說話，院落裏頭的唐茉兒已是臉上失色，連食盒也差點拿不住了，快步進了屋，口裏叫了一聲：「娘，我回來了。」聲音中極力壓抑住自己的激動。

沈傲連忙追上去，進屋一看，這裏的人還真不少，其中一個花枝招展，似是媒婆的婦人，另外幾個有老有小，也分不清哪個才是什麼趙公子，笑吟吟的朝唐夫人行禮道：「學生沈傲見過師娘。」

唐夫人生得稀鬆平常，穿著尋常的羅裙，既有幾分兇悍，又頗帶著幾分樸素，一雙手上還生了不少繭子，那手揚起來，連忙扶住要下拜的沈傲，道：

「免禮，免禮，什麼學生、師娘的，快起來。」

沈傲微微一笑道：「學生第一次見師娘，總要鄭重其事一些的。」說了這句話，便拉近了與唐夫人之間的關係。

唐夫人見他溫文爾雅，哪裡知道這小子就在不久前有著狠狠揍人的凶悍，看得倒是頗為喜歡，上下打量他，沈傲雖然並不高大，可是膚色白皙，劍眉星目，嘴角微微抿著，渾身上下從容有禮，便喜滋滋地道：

「你是來見我相公的嗎，他今日在監裏值守，只怕一時回不來，你先坐下，我讓小女給你斟茶，不知你叫什麼名字？」

沈傲呵呵笑道：「學生叫沈傲。」

唐夫人一聽，頓時笑了起來：「原來你就是沈傲？唐嚴老是提起你，說你是國子監裏的大才子呢，快，快坐下，茉兒，去斟茶。」

茉兒應了一聲，卻被那媒婆叫住了：「你就是唐小姐？啊呀呀，真是國色天香，別提多俊俏了，難怪趙公子喜歡你呢。來，來，先別忙著斟茶，有一樁天大的喜事，老身要和你說道說道。」

「唐小姐，實不瞞你，趙公子這一趟讓老身來，是來提親的，趙公子才學過人，家境也是極好的，祖父還曾做過御史中丞這樣的高官，家裏的奴婢就有百人，唐小姐只要點點頭，來了客人還需親自去斟茶嗎？呼喚一聲，自有數不盡的人爲您效勞了。唐小姐，老身也是女人，這樣的好夫婿，這汴京城裏就是打著燈籠也尋不到的……」

唐茉兒道：「他這樣好，你爲什麼不嫁他？」

也許覺得這一句話說得有些過分，唐茉兒說罷，連忙提著裙襬旋身去斟茶了。

媒婆一下子給噎住了一樣，訕訕笑道：「老身哪有這樣的福分。」

心知唐茉兒是說不通了，火藥味太濃，便又尋唐夫人道：

「唐夫人，你家姑娘已經年過雙十了吧，這樣的年紀，還能等嗎？再等，黃花閨女變成了老姑娘，將來還怎麼嫁出去？老身吃的是這行的飯，這樣的事兒見得多了，許多姑娘一開始呢，走馬觀花，左看右看，總想挑一門如意的郎君，父母那邊又不催促，結果如何？結果只有絞了青絲，去廟裏頭吃齋飯，就是要嫁，那也是囫圇尋了個死了婆娘的漢子，草草了事的。夫人，前車之鑑，你可要想清楚啊。」

媒婆的話，倒是說到了唐夫人的心坎裏，唐茉兒恰好提著茶壺從後廂過來，卻是抿著嘴不說話，叫沈傲坐下，獨獨給沈傲斟茶倒水；她看了沈傲一眼，見他饒有興趣地看著這媒婆，故意瞪了沈傲一眼。

沈傲看這媒婆是有緣故的，是因爲總算看到了一個同行，至少雙方有一個共同點，都是耍嘴皮子的活兒。

被唐茉兒這一瞪，沈傲便不去看媒婆了，切，你瞪我，我不會瞪你嗎？一雙眼睛便直勾勾地去看唐茉兒。

唐茉兒哪裡見過這樣無恥的人，一個男子瞪直了眼看她，立即撇過臉去，對媒婆道：「這門親事，我不會答應的，你們快走，將這些你們帶來的東西都帶走。」

媒婆還是笑呵呵的，不去理會唐茉兒，繼續對唐夫人道：

「唐夫人，父母之命，媒妁之言，這門親事，還要你來拿主意才是。」

唐夫人倒是頗有些心動了，正踟躕著，不料沈傲道：

「咦？趙公子？莫非是城東的那個趙之龍？」

對於這個人，沈傲是有印象的，什麼祖父做過御史中丞，切，不過就是個御史罷了，這傢伙居然還是公子？見過一大把鬍子、臉皮皺得跟個沙皮狗一樣的公子嗎？至於什麼才學，沈傲更是清楚得很，這傢伙經常混到邃雅山房裏去喝茶，詩也作過兩首，學問是有，可是要說頂尖，那更是胡說八道，也就是個秀才的水準罷了。

媒婆一聽，笑吟吟地道：

「怎麼，這位公子也聽說過趙公子？」

沈傲點頭道：「是啊，是啊，我聽說過這趙大爺的，人品不錯，學問也很好，家境更是一等一的，這確實是一門好親事。」

「趙大爺？」唐夫人一時愣住了，道：「什麼趙大爺？」

沈傲道：「夫人不知道嗎？趙之龍趙公子年已不惑了，讓我想想，哦，也就是個四十左右的年歲吧，不過這也沒什麼，訂親，看的是學問和品行，年齡什麼的是不相干的。」

唐夫人一聽，頓時不悅了，而唐茉兒，也不知道是不是給氣著了還是難過，眼淚都快要出來了，瞪著那媒婆道：

「我不嫁，不嫁，寧願絞了頭髮也不嫁。」

媒婆瞪了沈傲一眼，這傢伙太陰險了，小小年紀，一張嘴怎麼這麼狠毒；連忙道：

「趙公子哪有四十，也不過三十出頭罷了，顯得老了一些，老成持重嘛，夫人……」

唐夫人怒道：「我家女兒就是再差，也不至嫁個這樣的人，我唐家就是再窮，好歹也是官身，走罷，走罷……」

媒婆見唐夫人這副模樣，心裏恨透了沈傲，只好道：「那老身下次再來。」便朝著幾個小廝努努嘴，一干人一併兒走了。

沈傲呵呵一笑，看了淚眼婆娑的唐茉兒一眼，心知她的爲難之處，身爲才女，曲高和寡，年紀卻也不小，又尋不到如意的郎君，被個趙公子什麼的請個媒婆來羞辱，只怕這心情差極了。

沈傲笑呵呵地道：「唐小姐的魅力真大，不說那汴京城裏的小郎君，就是大爺們也都趨之若鶩。唐夫人，這提親的，只怕都踏破了門檻吧？哎呀呀，學生在想，唐夫人在從前，一定是個大美人兒，否則又怎麼生得出如此出眾的女兒。」

這一番話，先是刻意說提親的人什麼都有，便淡化了趙大爺那想吃嫩草的老牛，後一句誇耀幾句唐茉兒的美貌，順道連唐大人一起大捧一番。

唐夫人頓時喜逐顏開地道：「這倒是，當年我還未出閣的時候，那自是閉月羞花的，不是師母吹牛，汴京城裏，給我提親的不知凡幾呢。」接著又換上憤恨之色，道：「偏偏看上了這個死鬼，那時候他倒是年少多才，年輕輕的就考中了進士，誰知這人食古不化，連帶著老身跟著他受累。」

沈傲便噤聲不說話了，這是挑撥離間啊，是在唐大人身後捅刀子，可不能繼續說了。

唐茉兒擦拭了眼角的幾點淚花，感激地望了沈傲一眼，盈盈道：「據說藝考時還需考經義文章，沈公子這幾日都溫習了功課嗎？」

沈傲點頭道：「這種事我哪裡敢怠慢，這幾日都在做經義文章。」

唐茉兒眼眸兒一轉：「那茉兒便大膽請教一下沈公子吧。」

她說是請教，倒是頗有考校的意味，含笑望著沈傲，此時多了幾分火藥味。

沈傲打起精神，道：「請唐小姐出題。」

唐茉兒低聲道：「生財有大道，生之者眾，食之者寡，爲之者疾，用之者舒，財財恆足矣。沈公子，這一句如何破題？」

沈傲這時做起經義文章也早已熟稔了，一聽題目，便能尋出典故，這句話出自《大學》，全文是：

「是故君子有大道，必忠信以得之，驕泰以失之。生財有大道。生之者眾，食之者寡，爲之者疾，用之者舒，則財恒足矣。仁者以財身，不仁者以身財。未有上好仁，而下不好義者也。未有好義，其事不終者也，未有府庫財，非其財者也。」

大意是說，君子取財的辦法是生產的多，消費的少，這樣一來，就不怕沒有財富了。

題目好生僻啊，沈傲一時苦笑，唐茉兒這小妮子倒是可以去做出題官了，須知經義既考察的是學生的才學，另一方面，也是讓他們參透聖賢的大道。因此，出題往往是從仁義禮智信這幾個要點走，四書中一些生財之類的典故，是很少拿來出題的，畢竟這東西顯得太過庸俗，在學堂裏，博士們授課時，對這些段落也都是敷衍過去，反正考試不會考，不必費太多的心機去教授學生這些東西。

唐茉兒屬於民間出題官，自然就沒有這些忌諱，這一下，倒是難倒了沈傲，沈傲連生財之類的範文都極少看，一時尋不到借鑑，只能憑空想像了。

他踟躕著不說話，坐在凳上，眼眸一片茫然，瞥眼之間，看到唐茉兒挑釁地望著自己，心裏不斷地告誡：「沈傲啊沈傲，你可千萬不要輸在這女人手上，否則，一輩子在茉兒面前都抬不起頭做人了。」

唐夫人見沈傲認真的樣子，便笑著去後廚裏生火煮茶去了，這廂房裏，沈傲一時癡癡呆呆，口裏念念有詞，眼眸中，閃過一絲不服輸的倨傲。

「沈公子，這題，你破得出嗎？」唐茉兒似笑非笑，心中有些得意，能想出這種偏題來，也頗有一種成就感；眼看著連自己父親都稱讚不已的才子吃癟，成就感自是更重了。

沈傲呼了口氣，恨不得找個地縫鑽進去，皺著眉頭，嘴裏道：「我再想想。」

這一想，唐夫人連晚飯都已做好了，若不是唐茉兒知道這題的難度，只怕旁人還以為沈傲這傢伙是想來混飯吃的呢。

唐夫人收撿好飯桌，油膩的手在圍裙上擦拭兩下，對沈傲道：「沈傲，今夜就在這裏用飯，就怕我們家的飯菜不合你的口。」

沈傲如老僧坐定，卻是一時恍惚，只嗯了一聲。唐茉兒道：「娘，你先別管這個，沈公子正在想破題之法呢。」

唐夫人倒是頗能理解，有一個書呆子丈夫和一個書呆子女兒，這種事也是常有的，因而躡手躡腳地去端了飯菜來，他們家不大，連專門的飯廳都沒有，一切招待、用餐、閒坐都在這小廳裏。

忙完這些事兒，便敦促沈傲道：「有什麼一時解不開的題，等吃過了飯再想，先吃飯要緊。」

沈傲突然眼眸一亮。「有了！」眉飛色舞地對唐茉兒道：「王者平天下之財，以道生之而已。用這句破題，小姐以爲如何？」

唐茉兒沉吟片刻，道：「破題不夠詳盡，承題如何補充？」

有了破題，其他的就好辦了，沈傲搖頭晃腦地道：「夫財不可聚而可生，而生之自有大道也，可徒曰『外本內末』乎？」

這一句外本內末，令唐茉兒眸光不禁帶出讚賞之色，道：「破得好，承題也是極好的。」

分明一個財字，沈傲的破題卻從治國開始，意思是說，治國應以爭取人爲本，爭取人的辦法就是治國者要有德，所謂有德，就是待老百姓以仁愛之心，人民就願意歸附，有了人民就有了一切，有土地、有財用。要人們注意治國有先後，先樹德，把著眼點放在如何樹德上。

在這個時代，是不可說財的，說了財，就落入了下乘，就不是君子了；可是這題目明明是財，破題、承題總不能偏離主旨，所以，沈傲便將小財變成了大財，私財說成是國庫，如此一來，便引申出一番治國的道理出來。

外本內末的後一句是爭民施奪；沈傲引用的是《大學》中的典故，承題的意思就是：外本內末，民便爭奪。民既爭奪，必致離散。可見義與利不可並行，民與財不可兼得。若是外本內末，聚財於上，財雖聚了，卻失了天下的心，那百姓都離心離德而怨叛之，未有財聚而民亦聚者也。若是內本外末，散財於下，財雖散了，卻得了天下的心；得了人心，還怕沒有財富嗎？

沈傲破了題，心情大好，便道：「我餓了，吃飯，吃飯。」他一點也不顯客氣，反正唐夫人早已準備好碗筷了。

唐夫人道：「慢一些，慢些吃……」雖是如此說，可是看著沈傲狼吞虎嚥的樣子，卻是帶著慈愛之色的笑著。

第八五章
醉臥美人膝

沈傲哈哈笑道：「我最想做的是娶七八個老婆，
住在最豪華的宅子裏，擁有權勢保護自己的家人，
除此之外，估計世上再沒有什麼可以吸引我了。
手掌天下權，醉臥美人膝，哈哈……唐姑娘再見了。」

吃飽了飯，天色已不早，沈傲起身告辭，唐夫人自是不會多留，只是教唐茉兒將他送出去，畢竟這屋裏只有兩個女眷，留太晚了也不好。

唐茉兒提著一盞手製的燈籠將沈傲送出院門去，夜裏的雪花小了些，可是夜風卻大的緊，將一柄油傘交在沈傲手裏，道：

「你莫要再逞英雄了，這油傘你拿去用罷。」

沈傲接過傘，望著黑黝黝的天穹，銀白雪花飄落，空氣中帶著徹骨的寒意，呵呵笑道：「唐小姐也早些歇了吧，這傘過些時候還你。」

唐茉兒咬著唇：「你的那篇破題作得很好，看來藝考的事，經義是不成問題了，有些時候，茉兒很羡慕你，能夠做自己想做的事。」

沈傲哂然一笑，撐起油傘：「茉兒以爲學生想做的只是考試？」

唐茉兒不答，眼中卻帶著一絲迷茫之色。

沈傲哈哈笑道：「我最想做的是娶七八個老婆，住在最豪華的宅子裏，擁有權勢保護自己的家人，除此之外，估計世上再沒有什麼可以吸引我了。手掌天下權，醉臥美人膝，哈哈……唐姑娘再見了。」

一個疾步趕路的身影，消失在夜幕，油傘之下的人漸漸消失，腳步看似輕快，可是輕快之中，卻又有一種難掩的孤獨。

唐茉兒倚著院門，注目去望著黑夜發呆，幽深的美眸微微一閃，在黑夜中變得說不出的睿智，低聲對著那背影消失的夜幕道：「沈傲，你在騙人。」

回到府上，鄧龍卻是嚇了一跳，原來沈傲早上出去，是避著他溜走的，整整一天尋不到人，鄧龍以爲發生了什麼事，見他回來，這才吁了口氣。

一天天如水過去，那喧鬧漸漸積澱沉寂，這個年，眼看就要落幕。

沈傲在這段時間，自是高掛免客牌，不再去應酬待客，一心去研習經義和書畫，既是決心要考，自然要力爭上游，僅憑著運氣是不行的，刻苦的努力必不可少。

周正聽說沈傲要藝考的事，特意尋了不少經義的範文來，行書作畫他不懂，可是經義的範文在他的書房裏卻是不少，原本是打算給兒孫用的，可是自個的兒孫不爭氣，只好便宜了這個外甥。

有了這些範文，沈傲不像別的讀書人那樣拼命的死記硬背，而是去理解一些經典範文的思考方法，比如一個題目，範文用這種方法破題是否恰當，恰當在哪裡，若換了自己，又該如何應對。承題的結構如何，開講可不可以有更好的方式。

他琢磨起東西來，細緻到了極點，否則在後世，也不會是藝術大盜中的佼佼者，任何一個成功者的背後，都有無數辛勤的汗水和細緻的觀察，這兩點，沈傲都不缺少，對於他來說，研習經義，和他在從前學習藝術大盜的技巧並沒有什麼不同，說來說去，無非還是那辛勤認真四個字。

學習累了，便去佛堂裏陪夫人說說話，夫人總是念叨著去靈隱寺的事，沈傲也惦記起了小沙彌釋小龍，便笑著對夫人道：「過了年，我們就去。」

夫人卻道：「藝考在即，你還是在家歇一歇，看看書也好，就不需陪我這把老骨頭了。」

沈傲笑呵呵地道：「一味地讀書也是不行的，抽空去散散心，走動走動，才能以最大的精力去應付考試。」

這句話頗有效果，夫人頷首點頭：「好吧，過些日子你就隨我去。」

等過了元宵，那喧鬧終於歸於冷清，節慶的喜慶雖未過去，街上的鞭炮灰燼仍留有殘跡，街道上行人攘攘，告別了舊歲，所有人又開始爲生計奔波起來。

外地的書生也逐漸增多，各大客棧早已住滿，連帶著邃雅山房的生意也是節節攀升，各地的俊秀大多都是奔著藝考而來，其中不少名家、俊才，一個個意氣風發，少不得在酒肆、茶肆、客棧處，又添了無數的墨蹟書畫。

這一日清早，國公府外頭車馬備齊，劉文抖擻精神，教人準備了一大箱的禮物抬上車輦，又進內府去請示一番，過不多時，夫人連同周若、沈傲三人出來，一道兒上了馬車，馬夫揚起鞭子，幾輛馬車緩緩而行，向著城外出去。

這一路過去，都是既陌生又熟悉的景觀，靈隱寺，沈傲去過一次，有一些印象，只是春去冬來，沿途的景觀已是異變，那遠處的松林原本鬱鬱蔥蔥，如今卻是略顯凋零，偶有鳥兒飛過，也是稀罕之極。

到了山門，便有小沙彌迎接，沿著石階上山，夫人興致極好，對沈傲道：「待會兒你去上個香，求菩薩保佑你高中，再去抽個籤，看看時運如何。」

沈傲頷首點頭道：「表妹也去吧，只是不知表妹打算許什麼願？」

周若一路上心事重重，這時聽沈傲說話，臉色略帶遲疑地道：「我還未想好。」

夫人微微笑道：「你便也祈求菩薩讓你表哥高中吧。」

周若挽著夫人的手，撒嬌道：「娘，哪有請願還要事先說好的。」

夫人的笑容更濃了，道：「好，好，我不說了。」

山路走到一半，夫人便已有些乏了，在山腰的一處迎客亭歇了片刻，望著成群結隊上山的人群，道：「沈傲，你看看，今日來寺裏的也有不少學子呢，想必不少也是要參加藝考的。」

沈傲頷首點頭，心裏想，這麼多人來請菩薩保佑他們高中，菩薩很累的。心裏隨即哈哈一笑，便有些忍俊不禁了。

周若道：「表哥，你在笑什麼？」

沈傲連忙板起面孔道：「我在想，願菩薩開開眼，莫要保佑這些人高中，只需保佑我就行。」

周若鄙夷地看著沈傲，嗔怒道：「哪有你這樣的人。」

夫人笑道：「這樣的心思要不得，心誠則靈，只要人心誠，菩薩才肯保佑，你抱著這樣的想法，萬萬不行。」

沈傲噢了一聲，三人又繼續上山，寺門迎客的沙彌見到夫人，仍舊引三人往後殿去，原來這前殿是遊人觀光拜佛的，後殿則是貴賓聽佛禮佛的地方，最是僻靜不過，看來這夫人每年捐的香油錢著實不少。

繞過大雄寶殿，後殿一處輝煌建築展露眼簾，牌匾上寫著「天王殿」三個字，殿門處供奉的乃是一尊彌勒像，再往裏進去，便是各種金剛垂立，大殿深處，香火繚繞中，一尊大佛面西而坐，說不出的靜謐溫和。

鐘聲迴盪，沙彌送來了香火，沈傲乖乖地去拜了拜，對著大佛，心裏默默祝禱：

「請菩薩保佑，保佑本公子二次發育，身材偉岸，越長越帥，嬌妻如雲，家財萬貫，保佑我做個大官，只有我欺人，沒有人欺我。菩薩，雖然哥哥不太信你，可是這句話卻是至誠的，你若真是在天有靈，一定莫要忘了在凡間有個俗人提出的這點小小要求……」

一番胡說八道下來，他規規矩矩地在供臺上插上香，正兒八經地退到夫人身邊，夫人只道他是求菩薩保佑藝考的事，因此也沒有多問，手裏捻著佛珠，說不出的誠心誠意。

周若也祈禱一番，三人便到殿門處，一個老僧坐定多時，似夢似醒，待三人走近，高宣佛號道：「三位施主可是要抽籤嗎？」

夫人道：「先讓我這個外甥來抽一抽。」

老僧便問：「不知公子要問的是前程還是姻緣？」

在夫人面前，沈傲自然不好問姻緣的事，心裏想，等抽個空，我再偷偷地來問問自己能娶幾個老婆。

沈傲正兒八經地看著老僧道：「我年紀很小，現在還在讀書，姻緣這種污七八糟的事，是想都不想的，過幾日便要藝考，只想問問藝考的事。」

沈傲這番回答，惹得夫人連連點頭，他的每句話都說到夫人的心坎裏了，年紀還小，是不該問姻緣，多問問前程才是大道理。

周若心裏冷哼，無聲地念了一句：「虛偽。」

老僧打量沈傲一眼，便將供桌的籤筒拿來，道：「請公子抽一支吧。」

沈傲心裏直樂，遇到同行了，話說他在前世，偷矇拐騙，扮些高人什麼的去騙別人錢財，那也是常有的事，看來遠在千年前，他的同行還真是不少，一個比一個厲害；手伸過去，抽出一支籤來，只看上面寫道：

「花正放時遭雨打，月當明外被雲迷。寄言桃李休相笑，有日雲開雨霎時。」

這一句詩文半懂不懂，端地有些玄妙，沈傲遞給那老僧，道：

「請高僧替小子看看。」

老僧看了籤，道：「這是上上籤，公子，恭喜了。」

沈傲心裏笑，算自個兒厲害，一抽就弄了個上上籤來，便問：「不知此籤何解？」

老僧道：「說的是公子命運多舛，公子現在的處境，好比鮮花要盛開卻遭大雨衝擊，月亮正要大放光彩，卻被雲霧遮蔽，但這些終不能遮蔽公子的光芒，終有一日，定能撥雲見日，雲歇雨住。」

夫人眼眸一亮道：「高僧說的是，前些時日，沈傲確是受了不少挫折，只是不知要到什麼時候，才有撥雲見日、雲歇雨停的一日？」

老僧道：「應該不遠了。」

沈傲無語，老傢伙滿口或許、應該這樣的字眼，擺明了是在忽悠，要是自己沒有考中，他肯定說還要再等等，若是高中了，他一定又說這籤靈驗的很，反正不管怎麼說，都是他有理。

抽了籤，夫人自是去聽高僧念佛經了，沈傲和周若兩個出了天王殿，一路往山竹房去。

沈傲問周若道：「表妹，方才你求的是什麼願？」

周若反詰道：「你先說，你說了我再告訴你。」

沈傲的臉上無比正經道：「我求菩薩保佑世界和平，消除世間一切災難瘟疫，人世間再沒有殺戮和狡詐，只剩下和睦美滿。」

周若咬唇輕笑：「你那點心思我會不明白？表哥，你一定是心裏祈求和蓁蓁、春兒儘早成親。」

周若雖是一副睿智的模樣，彷彿一眼穿透了沈傲的心思，可是道出這句話時，心裏酸酸的，有一點兒刺痛。

沈傲搖著頭，緩緩地道：「表妹誤會我了，其實於我來說，什麼菩薩保佑都是虛的，人定勝天，凡事依靠的是自己的努力，絕不是靠什麼神佛。」

恰好一個麻子臉的中年信男孤零零的上山來，沈傲偷偷指了麻子臉道：

「表妹你看，這個人或許祈願時，會希望菩薩給他一座金山銀山，再有十個八個大家閨秀死乞白賴的要嫁給他。菩薩真有這個本事，這天下就是遍地都是黃金白銀，十萬八萬個仙女掉下凡塵來也不夠人分的，你說是不是？」

沈傲一番歪理，倒是頗令人信服，周若笑道：「這麼說，你方才是糊弄我娘了。」

沈傲搖頭，道：「我的意思是說，人要靠自己的努力而已，但是對佛祖還是要心懷敬畏之心。」

周若認真道：「那表哥認爲我祈的是什麼願？」

沈傲掩嘴偷笑：「多半是二次發育，越長越漂亮什麼的，表哥沒興致知道。」

周若慍怒道：「胡說八道，什麼叫二次發育？」

沈傲掃了周若鼓鼓囊囊的胸脯一眼，哂然道：

「天機不可洩露，好久沒有吃過空定、空靜兩位禪師的茶水和糕點了，哈哈，好期待啊。」

「哼，裝神弄鬼，自以爲聰明，其實是個呆子。」周若心裏罵了一句，想起方才祈的願，俏臉微微一紅，忍不住瞪了搖著扇子先走一步的沈傲一眼。

到了山竹房，這裏卻是聚滿了人，周若是女兒身，自是不能擠進去的，只是盈盈站在外頭，對沈傲道：「表哥，你去看看。」

沈傲點頭，擠進去一看，卻是一個鬚髮皆白的老者提筆在案上行書，周遭人紛紛屏息默看，那老者寫起行書來，自有一番氣度，乾枯的手捏筆下落，蒼勁有力，採用的佈局雖是中規中矩，可是筆墨落處，卻是極爲契合。

他的書法剛勁的很，一個鉤兒撇出，頓時引起不少人的叫好。對案站著的則是空定、空靜二人，二人一心去看老者行書，並沒有注意到沈傲。

老者龍飛鳳舞下去，終於落筆，渾濁眼眸一張，擱筆道：「如何？」

衆人紛紛道：「好書法，大氣磅礴，銳力雄渾，異彩紛呈，豪放瀟灑，確有幾分顏魯公的風格。」

老者哈哈一笑，向空靜道：「禪師，你可服氣嗎？」

空靜面如秋水，高宣佛號道：「貧僧服了。」

老者又笑：「那麼請問禪師，這長安人與汴京人相比，誰的書法更厲害？」

沈傲乍聽之下，便覺得好笑，原來是行書之爭演化成了地域之爭，想必他們先是在探討書法。這老者應當是長安人，自然眉飛色舞的列舉出長安著名的書法家，即被時人稱之爲顏魯公的顏真卿出來，大和尚們不服，辯駁了幾句，這才有了這場衝突。

沈傲心裏好笑，長安和汴京都是文采薈萃之地，哪裡是幾個人意氣之爭就能分出高下的。

空靜道：「貧僧的行書及不上施主，可是要論起長安和汴京相比，卻不是貧僧能誑語的了。」

老者冷哼一聲，拍案道：「那麼顏魯公的書法與你口裏那位沈公子的書法相比，誰更厲害？」

沈公子，他莫不是說我吧？沈傲愕然。難怪這麼多人為老者叫好了，這裏汴京人最多，按常理，要支持也當支持空靜才是，原來是禪師要拿自己和顏真卿相比，顏真卿是誰？那可是與王羲之、歐陽詢、柳公權等人齊名的書法大家，創立的顏體楷書不知多少人崇敬嚮往。自己和他比起來，真算是無名小卒了。

空靜道：「沈公子的書法狡詐多變，實難用常理度之，不過楷書之中，只怕顏魯公最好。」

這句話巧妙之極，顏真卿最拿手的是楷書，至於草書、隸體，自然要弱一些，意思是說，沈傲的楷書或許比不過顏真卿，可是其他字體卻也不差。

老者怒道：「這是什麼話？老夫倒想看一看，這個沈公子到底有什麼本事，敢與顏魯公比肩。」

眾人又是一陣鼓噪，附從老者的居多。其中一人上下打量沈傲，驚異道：「你，你不是就是沈公子嗎？」

沈傲連忙擺手：「兄台你認錯人了，沈公子認識我，我卻不認識他，莫非我長得和沈公子相像嗎？不是吧，沈公子如此英俊瀟灑，號稱『玉面小白龍』，在下比起他來，實在是差得遠了。」

沈傲再笨，也不敢去和顏真卿相比啊，這裏顏真卿的粉絲居多，被人指認出來，極有可能釀成暴力事件，君子不立危牆，十八之氣什麼的指望不上，還是堅決否認的好。

空靜抬眸，眼睛落在沈傲處，見沈傲要退出去，道：「原來沈公子也來了。」

這一下想走都走不了了，沈傲硬著頭皮，見無數人注目過來，呵呵乾笑：「禪師你好，釋小虎呢？為什麼我沒有見到他？你先等一等，我去尋他來。千萬記得要等我，我去去就會回來的。」

「且慢。」那老者吹著鬍子阻住他，人群不約而同的圍住了沈傲的去路。飛來橫禍了，沈傲只好停住腳步，道：「不知先生有何見教？」

老者道：「鄙人姓張，敢問你就是沈公子嗎？」

沈傲笑道：「原來是張前輩，失敬，失敬，久仰大名，如雷貫耳。今日一見，如春風拂面，令學生虎軀一震，學生正是沈傲，不知前輩有何見教。」

姓張的老者道：「前輩不敢當，你喚我張猓就行了，聽聞沈公子的行書比之顏魯公不遑多讓，老夫倒要請教。」

這個時候，自是越矜持越好，在沈傲面前的，既不是那番人王子，更不是姓梁的死太監，沒有必要說大話得罪人。沈傲很謙虛的道：

「顏魯公？前輩這句話不知從何說起，學生是最佩服顏魯公的，顏魯公的行書更是學生的榜樣，日夜臨摹欣賞還來不及，至於與他一分高下，那是想都不敢想的事。」

張𤫉見他謙遜，倒是一下子敵意大減，總算擠出些笑容，道：「不管如何，你既也學過行書，不妨讓我們開開眼界，如何？」

只怕今天這些人不肯甘休，沈傲微微一笑道：「就怕讓大家見笑，不過張前輩盛情難卻，沈傲少不得獻醜了。」走到案前，眾目睽睽之下提起筆，換了一張宣紙上來，口裏道：「請二位禪師和張前輩賜教。」

張𤫉對他好感增加幾分，不再咄咄逼人，捋鬚頷首道：「沈公子動筆吧。」

沈傲蘸了墨，略略凝神，隨即探下筆去，手腕輕動，便開始書寫起來。

大畫情聖 五 一箭雙鵰

作者：上山打老虎
出版者：風雲時代出版股份有限公司
出版所：風雲時代出版股份有限公司
地址：105台北市民生東路五段178號7樓之3
風雲書網：http://www.eastbooks.com.tw
官方部落格：http://eastbooks.pixnet.net/blog
Facebook：http://www.facebook.com/h7560949
信箱：h7560949@ms15.hinet.net
郵撥帳號：12043291
服務專線：(02)27560949
傳真專線：(02)27653799
執行主編：朱墨菲
美術編輯：許芷姍

法律顧問：永然法律事務所 李永然律師
北辰著作權事務所 蕭雄淋律師

版權授權：蔡雷平
初版日期：2014年1月
初版二刷：2014年1月20日
ISBN：978-986-5803-30-8

總經銷：成信文化事業股份有限公司
地　址：新北市新店區中正路四維巷二弄2號4樓
電　話：(02)2219-2080

行政院新聞局局版台業字第3595號 營利事業統一編號22759935

定價：280元　特惠價：199元　

國家圖書館出版品預行編目資料

大畫情聖／上山打老虎 著. -- 初版. -- 臺北市：
風雲時代，2013.08 -- 冊；公分

ISBN 978-986-5803-30-8（第5冊；平裝）

857.7　　102015353